Antonio Skármeta
Mit brennender Geduld

SERIE PIPER

Zu diesem Buch

Skármetas Roman ist eine poetische Evokation, eine Hommage an den größten chilenischen Dichter unseres Jahrhunderts, Pablo Neruda. »Mit brennender Geduld« erzählt die Geschichte der Freundschaft zwischen dem Briefträger Mario Jiménez, dem Sohn eines Fischers in Isa Negra, und Pablo Neruda, dem Dichter. Mit Hilfe eines Gedichts, das Mario dem väterlichen Freund abringt, gewinnt er das Herz seiner Angebeteten: Die Macht des Wortes, die treffende Metapher, die Poesie wirken Wunder. Als Neruda von der Regierung Allende als Botschafter nach Paris entsandt wird, vergißt er seinen Briefträger nicht. Er schreibt ihm, und dafür schickt ihm Mario auf Tonband die Glockentöne, das Meeresrauschen, die Laute der Tiere und Menschen ins ferne Frankreich. Todkrank kehrt der Dichter nach Chile zurück. Dann kommt der Putsch – und danach wird es dunkel: Neruda stirbt, und Mario wird abgeholt.

Antonio Skármeta, geboren 1940 in Antofagasta, Chile. Bis zu seiner Emigration nach Deutschland Dozent für lateinamerikanische Literatur an der Universidad Santiago de Chile, schrieb Romane, Erzählungen, Hörspiele und Drehbücher. Als Regisseur verfilmte er seine eigenen Stoffe (»Mit brennender Geduld« und »Abschied von Berlin«). Skármeta verbrachte seine Emigrationsjahre in Berlin und lebt seit 1989 wieder in Santiago de Chile.

Antonio Skármeta
Mit brennender Geduld

Roman

Aus dem chilenischen Spanisch von
Willi Zurbrüggen

Piper München Zürich

Von Antonio Skármeta liegen in der Serie Piper außerdem vor:
Der Radfahrer vom San Cristóbal (1364)
Sophies Matchball (1490)
Aus der Ferne sehe ich dieses Land (1826)

Ungekürzte Taschenbuchausgabe
1. Auflage November 1987
18. Auflage Februar 2000
© 1984 Antonio Skármeta
Originaltitel: »Ardiente paciencia«
© der deutschsprachigen Ausgabe:
1985 Piper Verlag GmbH, München
Umschlag: Büro Hamburg
Foto Umschlagvorderseite: Miramax Films (aus dem Film
»Der Postmann« im Verleih Buena Vista International)
Foto Umschlagrückseite: Ekko von Schwichow
Satz: Kösel, Kempten
Druck und Bindung: Clausen & Bosse, Leck
Printed in Germany   ISBN 3-492-20768-5

FÜR MATILDE URRUTIA,
die Neruda inspirierte
und damit auch seine
bescheidenen Plagiatoren.

Prolog

VOR VIELEN JAHREN arbeitete ich als Kulturredakteur eines drittklassigen Blattes. Die Tätigkeit meiner Abteilung wurde von dem Kunstbegriff des Direktors geprägt, der sich auf seine Freundschaften »im Milieu« etwas einbildete und mich dazu zwang, Revuestars zweifelhafter Theatertruppen zu interviewen, Bücher von ehemaligen Detektiven zu besprechen, über durchziehende Wanderzirkusse zu berichten und auf den »Hit« der Woche maßlose Lobeshymnen zu singen, die sich jeder Teenager ohne weiteres hätte ausdenken können.

In den feuchten Redaktionsräumen welkten Nacht für Nacht meine Illusionen, Schriftsteller werden zu können. Dort saß ich bis zum Morgengrauen und fing immer neue Romane an, die ich dann halbfertig weglegte, von dem fehlenden Talent und meiner Trägheit entmutigt. Andere Schriftsteller meines Alters hatten im Land Erfolg und gewannen im Ausland sogar Preise: den der *Casa de las Américas,* der *Biblioteca Breve Seix-Barral,* den von *Sudamericana y Primera Plana.* Aber der Neid, anstatt Ansporn zu sein, eines Tages einmal ein Buch zu Ende zu schreiben, wirkte auf mich wie kalter Regen.

In jenen Tagen, in denen diese Geschichte ihren Anfang nimmt – und die, wie die möglichen Leser bemerken werden, begeistert anhebt und unter den

Auswirkungen tiefster Niedergeschlagenheit endet –, sagte der Direktor, meine Ausflüge in die Boheme hätten mein blasses Aussehen gefährlich vervollkommnet und er wolle mich für einen Artikel an die Küste schicken, was mir eine Woche Sonnenschein, jodhaltige Luft, Muscheln, frischen Fisch und nebenbei noch wichtige Kontakte für die Zukunft einbringen werde. Es handele sich darum, den Dichter Pablo Neruda in seinem Küstenfrieden zu überfallen, ihn für die verkommenen Leser unserer Postille zu interviewen und so etwas wie – in den Worten des Direktors – »eine erotische Geografie des Dichters« zu schreiben. Im Klartext hieß das, Neruda so anschaulich wie möglich erzählen zu lassen, wie und wie viele Frauen er aufs Kreuz gelegt hatte.

Unterkunft in Isla Negra, fürstliche Spesen, ein Mietwagen von Hertz und die leihweise Überlassung seiner tragbaren Olivetti: das waren die satanischen Argumente, mit denen der Direktor mich dazu brachte, den niederträchtigen Auftrag anzunehmen. Diesen Argumenten fügte ich in jugendlichem Idealismus, und dabei ein auf Seite 28 abgebrochenes Manuskript streichelnd, noch ein weiteres hinzu: Tagsüber würde ich die Neruda-Chronik schreiben und nachts, das Rauschen des Meeres im Ohr, meinen Roman zu Ende bringen. Darüber hinaus nahm ich mir noch etwas vor, das mich fast besessen machte und mich außerdem eine enge Verwandtschaft zu meinem Helden Mario Jiménez spüren ließ: Pablo

Neruda sollte zu meinem Roman das Vorwort schreiben. Mit dieser kostbaren Trophäe würde ich dann an die Tür des Verlages Nascimento klopfen und mir nichts dir nichts die – so schmerzlich verzögerte – Veröffentlichung durchsetzen.

Um diesen Prolog aber nicht endlos auszudehnen und meinen wenigen Lesern falsche Erwartungen zu ersparen, will ich hier gleich einige Punkte klarstellen. Erstens ist der Roman, den der Leser in Händen hält, weder der, den ich in Isla Negra schreiben wollte, noch sonst einer, den ich in jener Zeit angefangen hatte, sondern ein Nebenprodukt meines mißglückten journalistischen Überfalls auf Neruda. Zweitens, und obwohl andere chilenische Autoren weiterhin am Kelch des Erfolgs kleben (unter anderem aufgrund von Sätzen wie diesem, sagte mir ein Verleger), bin und bleibe ich strikt unveröffentlicht. Während andere Meister der freien Erzählung in der ersten Person, des Romans im Roman, der Metasprache oder der Verzerrung von Zeit und Raum sind, bin ich bei den im Journalismus arg strapazierten Metaphern, den bei gnadenlosen Naturalisten aufgeschnappten Gemeinplätzen, den von Borges falsch übernommenen grellen Adjektiven und besonders hartnäckig das geblieben, was ein Literaturprofessor mir einmal angeekelt gesagt hat: ein allwissender Erzähler. Und drittens und letztens war die saftige Reportage über Neruda, die der Leser zweifellos lieber in Händen hielte als den ihm jetzt bevorstehenden Roman, der ihm nach der nächsten

Seite zusetzen wird, gar nicht machbar, da der Dichter seine Prinzipien hatte; und nicht, weil ich nicht aufdringlich genug gewesen wäre. Mit einer Zuvorkommenheit, die meine niederen Beweggründe nicht verdient hatten, sagte er mir, seine große Liebe sei Matilde Urrutia, seine derzeitige Frau, und er verspüre auch keinerlei Lust noch Interesse, seine »blasse Vergangenheit« aufzurühren. Und mit einer Ironie, die meine Dreistigkeit, ihn um ein Vorwort für ein Buch zu bitten, das es noch gar nicht gab, sehr wohl verdient hatte, sagte er an der Tür: »Wenn Sie es geschrieben haben, mit dem größten Vergnügen«, und holte mich damit auf den Erdboden zurück.

In der Hoffnung, mein Buch zu schreiben, blieb ich lange Zeit in Isla Negra, und um der Trägheit, die mich morgens, mittags und abends angesichts der leeren Seiten überfiel, einen Grund zu geben, begann ich, um das Haus des Dichters herumzulungern und so nebenbei auch um jene herumzulungern, die dort herumlungerten. So lernte ich die Personen dieses Romans kennen.

Ich weiß, daß sich mehr als nur ein ungeduldiger Leser jetzt fragt, wie so ein träger Faulpelz wie ich dieses Buch – so dünn es auch ist – jemals zu Ende bringen konnte. Die plausible Erklärung ist die, daß ich vierzehn Jahre dazu gebraucht habe. Wenn man bedenkt, daß in dieser Zeit Vargas Llosa zum Beispiel *Die andere Seite des Lebens, Tante Julia und der Kunstschreiber, Der Hauptmann und sein Frauenbataillon* und *Der Krieg am Ende der Welt* geschrieben hat, dann ist das, offen gesagt, eine Leistung, auf die ich nicht stolz bin. Dazu gibt es aber noch eine ergänzende Erklärung mehr gefühlsmäßiger Natur.

Beatriz González, mit der ich, als sie ständig vor den Gerichten von Santiago erscheinen mußte, einige Male essen ging, wollte, daß ich für sie die Geschichte Marios aufschrieb, »ganz gleich, wie lange es dauert und wieviel hinzuerfunden wird«. Derart von ihr entschuldigt, habe ich beiden Schwächen nachgegeben.

ZWEI EBENSO GLÜCKLICHE wie gewöhnliche Umstände brachten Mario Jiménez im Juni 1969 dazu, seinen Beruf zu wechseln. Der erste war seine Abneigung gegen die Fischereiarbeit, die ihn schon vor Tagesanbruch aus dem Bett trieb, und das meist mitten in seinen Träumen von verwegenen Liebesabenteuern mit den strahlenden Leinwandheldinnen, die er im Kurbelkino von San Antonio sah. Dieses Talent gestattete ihm, flankiert von seiner beharrlichen Neigung zu – wirklichen oder erfundenen – Schnupfenanfällen, derentwegen er sich jeden zweiten Morgen für sein Fehlen bei der Arbeitsvorbereitung am Boot seines Vaters entschuldigte, schnell wieder unter seine warmen Decken aus Chiloé zu schlüpfen und seine Traumromanzen weiterzuspinnen, bis der Fischer José Jiménez hungrig und durchnäßt von hoher See zurückkam. Sein schlechtes Gewissen beschwichtigte Mario damit, dem Vater eine Mahlzeit aus einem anregenden Tomatensalat mit Zwiebeln, Petersilie und Koriander und dazu knuspriges Brot aufzutischen, während er selbst theatralisch ein Aspirin in sich hineinstopfte, wenn ihm die beißende Bitterkeit seines Erzeugers bis in die Knochen fuhr.

»Such dir eine Arbeit«, lautete der kurze, schreckliche Satz, mit dem der Mann einen anklagenden Blick beendete, der bis zu zehn, aber niemals weniger als fünf Minuten dauerte.

»Ja, Papa«, antwortete Mario und putzte sich mit dem Ärmel die Nase.

War dies der gewöhnliche Umstand, so war der glückliche der Besitz eines Fahrrads Marke *Legnano,* mit dessen Hilfe Mario jeden Tag den Blick auf den kargen Horizont der kleinen Fischerbucht mit der Ansicht des ziemlich winzigen Hafens von San Antonio vertauschte, der ihm jedoch im Vergleich zu den paar Hütten seines Heimatorts einen babylonisch prunkvollen Eindruck machte. Das bloße Betrachten der Kinoplakate mit grell geschminkten Frauen und knallharten Männern, Havannas zwischen die makellosen Zähne geklemmt, ließ ihn in eine Traumwelt versinken, aus der er erst nach zwei Zelluloidstunden wieder erwachte, um dann, untröstlich über seinen grauen Alltag, zurückzuradeln – oft unter einem für die Küstengegend typischen Regen, der ihm wahrhaft biblische Erkältungen einbrachte. Die Großzügigkeit seines Vaters ging nicht so weit, die Ausschweifungen des Sohnes zu fördern, so daß Mario Jiménez sich manchmal ohne Geld mit Streifzügen durch die Gebrauchtzeitschriftenläden begnügen mußte, wo ihm nichts anderes blieb, als die Fotos seiner Lieblingsschauspielerinnen zu befummeln.

Es war an einem dieser Tage trostlosen Herumlungerns, als Mario im Fenster des Postamts einen Aushang entdeckte, dem er – obwohl die Mitteilung nur mit der Hand auf das karierte Papier einer einfachen Rechenheftseite geschrieben war und er während seiner Schulzeit in Mathematik nicht gerade geglänzt hatte – nicht widerstehen konnte.

Mario Jiménez hatte noch nie im Leben eine Krawatte getragen, aber bevor er das Postamt betrat, richtete er sich seinen Hemdkragen, als trüge er eine, und versuchte – mit einigem Erfolg – seine von einem Foto der Beatles inspirierte Mähne mit einem Kamm in Form zu bringen.

»Ich komme wegen des Aushangs«, verkündete er mit einem Lächeln, das es mit dem von Burt Lancaster aufnehmen konnte.

»Haben Sie ein Fahrrad?« fragte der Postbeamte verdrießlich.

Marios Herz und seine Lippen sagten einstimmig: »Ja.«

»Na gut«, sagte der Postbeamte und putzte sich die Brille. »Es handelt sich um die Stelle des Briefträgers für Isla Negra.«

»So ein Zufall«, sagte Mario, »ich wohne gleich nebenan, in der Bucht.«

»Das ist ganz gut; aber wohl nicht so gut ist, daß es dort nur einen Kunden gibt.«

»Nur einen?«

»Ja, nur einen. In der Bucht wohnen sonst nur Analphabeten. Die können nicht einmal eine Rechnung entziffern.«

»Und wer ist der Kunde?«

»Pablo Neruda.«

Mario Jiménez hatte das Gefühl, einen ganzen Liter Spucke auf einmal schlucken zu müssen. »Aber das ist ja phantastisch!«

»Phantastisch? Er bekommt jeden Tag kiloweise Post. Mit dem Postsack auf dem Rücken in die Pedale zu treten ist das gleiche, wie einen Elefanten auf den Schultern zu tragen. Der Briefträger, der das vorher gemacht hat, ist bucklig wie ein Dromedar in Rente gegangen.«

»Aber ich bin siebzehn!«

»Bist du denn auch gesund?«

»Ich? Ich bin gesund wie ein Pferd. Nicht einen Schnupfen in meinem ganzen Leben.«

Der Postbeamte schob seine Brille auf die Nase und sah Mario über den Rand hinweg an. »Der Lohn ist beschissen. Die anderen Briefträger regeln das über die Trinkgelder; aber bei einem einzigen Kunden reicht es höchstens für einmal Kino die Woche.«

»Ich nehme die Stelle trotzdem.«

»Gut, mein Name ist Cosme.«

»Cosme.«

»Für dich ›Don Cosme‹.«

»Jawohl, Don Cosme.«

»Ich bin dein Chef.«

»Jawohl, Chef.«

Der Mann nahm einen blauen Kugelschreiber, hauchte auf die Mine, um die Tinte flüssig zu machen, und fragte ohne aufzusehen: »Name?«

»Mario Jiménez«, antwortete Mario feierlich.

Nachdem er diese lebenswichtige Mitteilung gemacht

hatte, ging er zum Fenster, riß den Zettel von der Scheibe und ließ ihn in die tiefsten Tiefen seiner Gesäßtasche gleiten.

WAS DEM OZEAN mit seiner an die Ewigkeit gemahnenden Geduld nicht gelungen war, das gelang dem nüchternen kleinen Postamt von San Antonio: Mario Jiménez stand nicht nur pfeifend und mit freier, unternehmungslustiger Nase bei Tagesanbruch auf, sondern begann auch seinen Dienst mit einer solchen Pünktlichkeit, daß der alte Cosme ihm bald die Schlüssel des Postamts anvertraute für den Fall, daß er sich einmal zu einer Tat durchringen würde, von der er schon lange träumte: so lange in den Tag hineinzuschlafen, bis es Zeit für die Siesta wäre, und dann eine so lange Siesta zu halten, bis es Zeit zum Schlafengehen wäre, und dann so tief und fest zu schlafen, daß er am nächsten Tag zum erstenmal diese Arbeitslust verspüren würde, die Mario ausstrahlte und die Cosme geflissentlich übersah.

Von seinem ersten Gehalt, das, wie in Chile üblich, mit eineinhalbmonatiger Verspätung ausgezahlt wurde, erwarb der Briefträger Mario Jiménez folgende Güter: eine Flasche Wein *Cousiño Macul Antiguas Reservas* für seinen Vater, eine Kinokarte, mit der er die *West Side Story* mit Natalie Wood bis zum letzten auskostete, einen deutschen Metallkamm, den ein fliegender Händler auf dem Markt von San Antonio mit den Worten anpries: »Deutschland hat zwar den Krieg verloren, aber nicht seine Industrie. Rostfreie Kämme Marke Solingen«, und, weil Pablo Neruda sein Kunde und Nachbar war, die Losada-Ausgabe der *Elementaren Oden.*

Er nahm sich vor, dem Dichter in einem günstigen Augenblick, wenn er guter Laune schien, zusammen mit der Post das Buch in die Hand zu drücken und sich ein Autogramm zu verschaffen, mit dem er hypothetische, aber bildschöne Frauen beeindrucken könnte, die er eines Tages in San Antonio kennenlernen würde oder in Santiago, wohin er mit seinem nächsten Gehalt fahren wollte. Ein paarmal war er drauf und dran, seinen Vorsatz wahrzumachen, aber dann hemmten ihn jedesmal die Schwerfälligkeit, mit der der Dichter seine Post entgegennahm, die Schnelligkeit, mit der ihm dieser sein Trinkgeld zusteckte (manchmal mehr als das Übliche), sowie dessen Miene eines abgrundtief in sich versunkenen Menschen. Kurz und gut, über einige Monate hinweg wurde Mario das Gefühl nicht los, durch das Klingeln an der Haustür der Inspiration des Dichters, der wahrscheinlich gerade dabei war, einen genialen Vers zu formulieren, einen tödlichen Schlag zu versetzen. Neruda nahm immer den Packen Briefe, drückte Mario ein paar Escudos in die Hand und verabschiedete sich mit einem Lächeln, das so lang war wie sein Blick. Von diesem Augenblick an ließ der Briefträger bis zum Ende des Tages die *Elementaren Oden* nicht mehr aus der Hand, in der Hoffnung, sich eines Tages doch noch einen Ruck geben zu können.

Er lief so geschäftig mit dem Buch hin und her, blätterte so oft in ihm herum und klemmte es sich unter der Laterne an der Plaza so oft in den Hosenbund, um sich vor den Mädchen, die ihn nicht beachteten, einen intellektuellen Anstrich zu geben, daß er es schließlich sogar las. Mit dieser Tat hoffte Mario, einen Krümel jener Beachtung zu finden, die der Dichter genoß, und an einem klaren Wintermorgen schmuggelte er ihm mit den Briefen zusammen das Buch in die Hand und sagte dabei einen Satz, den er vor unzähligen Schaufensterscheiben einstudiert hatte: »Und hier bitte ein Autogramm, Maestro.«

Ihm den Gefallen zu tun war für den Dichter reine Routine, und nachdem er den Wunsch des Briefträgers erfüllt hatte, verabschiedete er sich mit der ihm eigenen kurz angebundenen Höflichkeit. Mario untersuchte den Schriftzug eingehend und kam zu dem Schluß, daß von einem »Herzlichst, Pablo Neruda« seine Anonymität nicht wesentlich geringer wurde. Er beschloß, irgendwie eine Beziehung zu dem Dichter herzustellen, dank der er eines Tages mit einer Widmung ausstaffiert sein würde, in der mit der grünen Tinte des Poeten zumindest sein vollständiger Name geschrieben stände: Mario Jiménez S. Ganz optimal wäre ihm natürlich ein Text wie »meinem geliebten Freund Mario Jiménez, Pablo Neruda« erschienen.

Er erzählte seinen Herzenswunsch dem Telegrafisten Cosme, der, nachdem er ihn darauf aufmerksam gemacht hatte, daß die chilenische Post es ihren Briefträgern untersagt, ihre Kundschaft mit betriebsfremden Ersuchen zu belästigen, ihn darauf hinwies, daß ein und dasselbe Buch nicht mit zwei verschiedenen Widmungen versehen werden könne. Das hieß, es sei höchst unschicklich, den Dichter – mochte er auch noch so ein Kommunist sein – zu bitten, seine Widmung zu streichen und durch eine andere zu ersetzen.

Mario erkannte die Richtigkeit dieses Einwands, und als er in einem offiziellen Briefumschlag sein zweites Gehalt bekam, erstand er mit einer Geste, die ihm konsequent erschien, den Losada-Band *Neue elementare Oden.* Den Verdruß, daß er seinen Traum von einem Ausflug nach Santiago aufgeben mußte, wischte er beiseite und war schon über jede Beklemmung hinweg, als der gewitzte Buchhändler ihm sagte: »Und nächsten Monat habe ich für Sie *Das dritte Buch der Oden.*«

Aber keines der beiden Bücher sah je das Autogramm des Dichters. An einem weiteren klaren Wintermorgen, ähnlich dem anderen, ebensowenig ausführlich beschriebenen, verbannte er die Widmung aus seinem Kopf. Nicht jedoch die Poesie.

UNTER FISCHERN AUFGEWACHSEN, wäre Mario Jiménez nie auf die Idee gekommen, daß sich in der Post
dieses Tages ein Köder befand, an den der Dichter
anbeißen würde. Kaum hatte er ihm den Packen
ausgehändigt, als Neruda mit unfehlbarer Zielstre-
bigkeit einen Brief herausfischte und ihn direkt vor
Marios Augen öffnete. Dies ungewöhnliche, mit der
Gelassenheit und Zurückhaltung des Dichters unver-
einbare Verhalten ermutigte den Briefträger zu einer
Frage, die der Anfang für viele weitere Fragen und –
warum es nicht sagen – einer Freundschaft war.
»Warum öffnen Sie diesen Brief so schnell?«
»Weil er aus Schweden kommt.«
»Und was hat Schweden Besonderes, außer den
Schwedinnen?«
Obwohl Pablo Neruda nie auch nur mit einer Wim-
per zuckte, blinzelte er jetzt.
»Den Nobelpreis für Literatur, mein Junge.«
»Den bekommen Sie?«
»Falls das sein wird, werde ich ihn nicht ab-
lehnen.«
»Und wieviel ist er wert?«
Der Dichter, inzwischen zum Kern des Briefes vor-
gedrungen, sagte ohne besondere Betonung:
»Einhundertfünfzigtausendzweihundertundfünfzig
Dollar.«
Mario dachte daran, die witzige Bemerkung »und
fünfzig Cents« zu machen, unterdrückte seine vor-
laute Naseweisheit jedoch instinktiv und fragte statt
dessen sittsam: »Und?«

»Hmm?«

»Bekommen Sie den Nobelpreis?«

»Kann sein, aber dieses Jahr haben andere Kandidaten die besseren Chancen.«

»Warum?«

»Weil sie bedeutende Werke geschrieben haben.«

»Und die anderen Briefe?«

»Die lese ich später«, seufzte der Dichter.

Mario, der das Ende des Gesprächs gekommen fühlte, gab sich einer Geistesabwesenheit hin, die der seines liebsten und einzigen Kunden ähnelte, und das so hemmungslos, daß dieser sich zu der Frage gezwungen sah: »An was denkst du?«

»Daran, was wohl in den anderen Briefen stehen mag. Sind es Liebesbriefe?«

Der füllige Dichter hüstelte. »Mann, ich bin verheiratet. Laß so etwas nicht Matilde hören!«

»Entschuldigung, Don Pablo.«

Neruda machte sich über seine Geldbörse her und entnahm ihr einen Schein der Kategorie »mehr als üblich«. Weniger über den Betrag als über die plötzliche Entlassung betrübt, sagte der Briefträger »danke«, und seine Traurigkeit ließ ihn so stocksteif stehenbleiben, daß es schon besorgniserregend wirkte. Den Dichter, der wieder ins Haus gehen wollte, ließ solch auffällige Beharrlichkeit nicht ungerührt. »Was ist los mit dir?«

»Don Pablo?«

»Du stehst da wie ein Laternenpfahl.«

Mario wandte den Kopf und suchte von unten die

Augen des Dichters. »Eingerammt wie eine Lanze?«
»Nein, still wie ein Turm auf dem Schachbrett.«
»Noch unbeweglicher als eine Katze aus Porzellan?«
Neruda nahm die Hand vom Türgriff und strich sich
über das Kinn. »Mario Jiménez, neben den *Elementaren Oden* habe ich noch sehr viele bessere Bücher.
Es ist nicht recht von dir, mich mit allen möglichen
Vergleichen und Metaphern hinzuhalten.«
»Mit was, Don Pablo?«
»Metaphern, Mann.«
»Was ist das?«
Der Dichter legte dem Jungen eine Hand auf die
Schulter. »Um es dir ungefähr klarzumachen: es ist
eine Art, etwas auszudrücken, indem man es mit
etwas anderem vergleicht.«
»Zum Beispiel?«
Neruda sah seufzend auf seine Uhr. »Also gut, wenn
du sagst, ›der Himmel weint‹, was willst du dann
damit sagen?«
»Ist doch klar! Daß es regnet, natürlich.«
»Na also, das ist eine Metapher.«
»Und warum hat eine so einfache Sache einen so
komplizierten Namen?«
»Weil die Namen nichts mit der Einfachheit oder
Kompliziertheit einer Sache zu tun haben. Nach
deiner Theorie dürfte ein kleines Ding, das fliegt,
nicht so einen langen Namen wie *Schmetterling*
haben. Denk nur mal, daß *Elefant* viel weniger
Buchstaben hat, aber ein viel größeres Tier ist und
nicht fliegt«, sagte Neruda erschöpft. Und mit einer

letzten Willensanstrengung wies er Mario höflich, aber bestimmt den Weg zur Bucht. Doch der Briefträger fand noch Zeit zu bemerken: »Verdammt, ich würde furchtbar gern Dichter sein.«

»Mann, in Chile ist doch jeder Dichter. Es ist viel origineller, du bleibst Briefträger. Zumindest bist du dann viel unterwegs und wirst nicht fett. Wir Dichter in Chile sind alle Fettwänste.«

Neruda ergriff wieder die Türklinke und wollte endlich ins Haus zurück, als Mario, mit den Augen dem Flug eines unsichtbaren Vogels folgend, sagte: »Wenn ich nämlich Dichter wäre, könnte ich alles sagen, was ich sagen will.«

»Und was willst du sagen?«

»Das ist ja eben das Problem. Da ich kein Dichter bin, kann ich es nicht sagen.«

Der Dichter zog die Augenbrauen über der Nasenwurzel zusammen. »Mario?«

»Don Pablo?«

»Ich werde mich jetzt von dir verabschieden und die Tür schließen.«

»Ja, Don Pablo.«

»Bis morgen.«

»Bis morgen, Don Pablo.«

Neruda warf einen Blick auf die anderen Briefe und öffnete wieder die Tür einen Spaltbreit. Der Briefträger saß draußen mit vor der Brust verschränkten Armen und beobachtete die Wolken. Neruda ging zu ihm und tippte ihm auf die Schulter. Ohne seine Haltung zu verändern, sah der Junge ihn an.

»Ich hab' noch einmal durch die Tür gesehen, weil ich mir schon gedacht habe, daß du noch nicht gegangen bist.«

»Ich mußte plötzlich nachdenken.«

Neruda nahm den Briefträger mit festem Griff an der Schulter und führte ihn zu dem Laternenpfahl, an dem Mario sein Fahrrad abgestellt hatte. »Und beim Nachdenken mußt du hier sitzen? Wenn du Dichter werden willst, mußt du lernen, im Gehen zu denken. Oder bist du wie John Wayne, der nicht gleichzeitig laufen und Kaugummi kauen konnte? Jetzt gehst du am Strand entlang zur Bucht zurück, und beim Betrachten des Meeres kannst du dir ein paar Metaphern ausdenken.«

»Welche denn?«

»Zum Beispiel dieses Gedicht:

Hier an der Insel
das Meer,
welch ein großes Meer.
Jeden Augenblick
geht es aus sich selbst hervor,
es sagt ja, nein,
nein; nein, nein;
es sagt ja in Blau,
in Schaum, in Galopp;
es sagt nein, nein.
Es kann nicht ruhig sein.
Ich heiße Meer, wiederholt es,
gegen einen Stein schlagend,

ohne daß es ihm gelänge,
diesen zu überzeugen;
mit sieben grünen Zungen,
von sieben grünen Hunden,
von sieben grünen Tigern,
von sieben grünen Meeren
fährt es dann über ihn,
küßt es ihn,
macht es ihn naß,
und es schlägt sich gegen die Brust
und wiederholt dabei seinen Namen.«

Er machte zufrieden eine Pause. »Na, wie findest du
das?«
»Seltsam.«
»Seltsam! Du bist aber ein scharfer Kritiker.«
»Nein, Don Pablo. Das Gedicht ist nicht seltsam.
Ich fühlte mich seltsam, als ich es Sie aufsagen
hörte.«
»Mein lieber Mario, kannst du dich nicht etwas deut-
licher ausdrücken? Ich habe nicht den ganzen Vor-
mittag Zeit, deinen Worten zu lauschen.«
»Wie soll ich es Ihnen erklären? Als Sie das Gedicht
aufsagten, gingen die Worte so hin und her, von her
nach hin ...«
»Wie das Meer eben.«
»Ja, genau. Sie bewegten sich wie das Meer.«
»Das macht der Rhythmus.«
»Und ich fühlte mich seltsam, weil mir von so viel
Bewegung ganz schwindlig wurde.«

»Dir wurde schwindlig?«

»Genau. Ich fühlte mich wie ein Boot, das auf Ihren Worten schaukelte.«

Die Wimpern des Dichters hoben sich langsam. »Wie ein Boot, das auf meinen Worten schaukelt.«

»Ja, genau.«

»Weißt du, was du da gemacht hast, Mario?«

»Was?«

»Eine Metapher.«

»Aber die ist doch nichts wert; sie ist mir ja ganz zufällig herausgerutscht.«

»Kein Bild kommt einem zufällig, mein Junge.«

Mario legte eine Hand auf seine Brust, um einen gewaltigen Schlag seines Herzens unter Kontrolle zu bringen, der ihm bis auf die Zunge geschwappt war und nun an seinen Zähnen zu zerschellen drohte. Er blieb stehen und fuchtelte aufdringlich mit dem Zeigefinger zentimeterdicht vor der Nase seines weltberühmten Kunden herum. »Sie glauben, daß die ganze Welt, ich meine die ›ganze‹ Welt, der Wind, das Meer, die Bäume, die Berge, das Feuer, die Tiere, die Häuser, die Wüsten, der Regen...«

»...du kannst schon ›etcetera‹ sagen...«

»...die Etceteras – glauben Sie, daß diese ganze Welt eine Metapher für etwas ist?«

Neruda öffnete den Mund, und sein kräftiges Kinn schien ihm aus dem Gesicht zu fallen.

»War das eine sehr dumme Frage, Don Pablo?«

»Nein, Mann, nein.«

»Sie machen so ein komisches Gesicht.«

»Nein, nein, ich bin nur ins Nachdenken gekommen.«

Der Dichter verscheuchte mit einer Handbewegung ein imaginäres Insekt, zog seine rutschende Hose hoch und sagte, mit dem Zeigefinger auf die Brust des Jungen tippend: »Weißt du was, Mario? Wir treffen ein Abkommen. Ich gehe jetzt in meine Küche und mache mir ein Omelett aus Aspirin, um über deine Frage nachdenken zu können, und morgen sage ich dir, was ich von ihr halte.«

»Wirklich, Don Pablo?«

»Bestimmt, Mann, bis morgen.«

Neruda ging zum Haus zurück, und als er an der Tür war, lehnte er sich an den Rahmen und verschränkte gemütlich die Arme vor der Brust.

»Gehen Sie nicht hinein?« rief Mario.

»Nein, nein, diesmal warte ich, bis du fort bist.«

Der Briefträger nahm sein Fahrrad vom Laternenmast, ließ übermütig die Klingel ertönen, und mit einem breiten Grinsen, so breit, daß es den Dichter samt seiner nächsten Umgebung umfaßte, rief er:

»Auf Wiedersehen, Don Pablo!«

»Auf Wiedersehen, mein Junge!«

DER BRIEFTRÄGER MARIO Jiménez nahm wörtlich, was ihm der Dichter gesagt hatte, und beobachtete während des ganzen Rückwegs zur Bucht das Hin und Her des Meeres. Obwohl es an Wellen nicht mangelte, die Mittagssonne makellos strahlend, der Sand mollig und die Brise nur leicht war, wollte ihm nicht eine einzige Metapher einfallen. Die ganze Beredsamkeit des Meeres machte ihn stumm. Seine Sprachlosigkeit war so beharrlich, daß, verglichen mit ihr, selbst die Steine am Strand geschwätzig erschienen.

Verärgert über die Unzugänglichkeit der Natur, schlug er den Weg zur Strandbar ein, um sich mit einer Flasche Wein zu trösten und dort vielleicht auf einen zu stoßen, der in der Bar herumlungerte und ihn zu einer Partie *Taca-Taca* aufforderte. Da es im Dorf keinen Fußballplatz gab, befriedigten die jungen Fischer ihren sportlichen Ehrgeiz gewöhnlich mit gekrümmten Rücken beim Tischfußball.

Schon von weitem hörte er das metallische Klacken und die Musik aus der Wurlitzer, die wieder einmal durch die Rillen von *Mucho amor* der Ramblers kratzte, die in der Hauptstadt schon seit zehn Jahren aus der Mode, in diesem Nest jedoch noch immer höchst populär waren.

Da Mario ahnte, daß das gewohnte Einerlei drinnen seine Niedergeschlagenheit noch verstärken würde, betrat er die Bar mit dem festen Entschluß, das Trinkgeld des Dichters in Wein umzusetzen. Doch mit einem Schlag befiel ihn ein derartiger Rausch, wie ihn bisher kein einziger Wein in seinem kurzen Leben verursacht hatte: An dem Tisch mit den angerosteten blauen Fußballern spielte das schönste Mädchen, das Mario, alle Filmstars, Platzanweiserinnen, Friseu-

sen, Schulmädchen, Touristinnen und Schallplatten-
verkäuferinnen zusammengenommen, je gesehen
hatte. Obschon sein Verlangen nach all den Mädchen
nur noch von seiner Schüchternheit übertroffen
wurde – was ihn buchstäblich in Enttäuschungen
braten ließ –, ging er diesmal mit der Verwegenheit
eines unschuldig Träumenden zum Taca-Taca-Tisch.
Hinter dem roten Torhüter blieb er stehen und versuchte, völlig vergeblich, seine Faszination zu verbergen, indem er mit hüpfenden Pupillen die Kaprio-
len der kleinen Kugel verfolgte; und als das Mädchen
die metallene Bande mit einem heftigen Schuß zum
Dröhnen brachte, sah er ihr mit dem verführerisch-
sten Lächeln, das er in der Eile hinbekam, in die
Augen. Sie beantwortete diese Herzlichkeit mit einer
auffordernden Kopfbewegung, den Sturm der gegne-
rischen Mannschaft zu übernehmen. Mario hatte
noch gar nicht richtig bemerkt, daß das Mädchen
gegen eine Freundin spielte, und wurde sich dessen
erst vollends bewußt, als diese ihn mit einem kräftigen Stoß ihrer Hüfte in die Verteidigung beförderte.
Nur selten im Leben hatte Mario gespürt, wie gewal-
tig sein Herz schlagen konnte. Das Blut raste mit
solcher Macht durch seine Adern, daß er sich an die
Brust griff. Da schlug die Schöne mit dem weißen
Ball an die Tischkante und hob die Hand, um ihn auf
den Anstoßpunkt der im Laufe der Jahre verbliche-
nen Mittellinie fallenzulassen, und als Mario an seinen Stangen drehte, um das Mädchen mit der
Gewandtheit seiner kleinen Fußballer zu beeindruk-

ken, nahm sie den Ball und steckte ihn zwischen ihre blitzenden Zähne, die ihn in dieser schlichten Strandbude unwillkürlich an einen Silberregen denken ließen. Sie beugte ihren in eine für ihre verführerischen Brüste zwei Nummern zu kleine Bluse gepreßten Oberkörper nach vorn und forderte ihn auf, ihr den Ball aus dem Mund zu nehmen.

Zwischen Erniedrigung und Faszination hin- und hergerissen, hob der Briefträger zögernd seine rechte Hand, und als er mit seinen Fingern den Ball schon fast berührte, drehte sich das Mädchen mit einem spöttischen Lachen zur Seite. Sein Arm hing in der Luft, wie zu einem lächerlichen Trinkspruch – ohne Glas und ohne Champagner – auf eine Liebe erhoben, die sich nie erfüllen würde. Die Schöne balancierte ihren Körper zur Theke, und ihre Beine schienen dabei im Takt einer unendlich raffinierteren Musik zu tanzen, als die der Ramblers es je gewesen war. Mario brauchte keinen Spiegel, um zu wissen, daß sein Gesicht rot und feucht war. Das andere Mädchen stellte sich auf die frei gewordene Seite des Tisches und klopfte mit dem Ball hart auf die Kante, um Mario aus seinem Traumzustand zu erwecken. Niedergeschlagen sah der Briefträger in die Augen seiner neuen Gegnerin, und obwohl er sich angesichts des Ozeans mit seiner Unfähigkeit zu Vergleichen und Metaphern abgefunden hatte, sagte er sich wütend, daß das ihm von dieser farblosen Dorfmaid vorgeschlagene Spiel a) so aufregend wie ein Tänzchen mit der eigenen Schwester, b) langweiliger als ein Sonntag ohne Fußball und c) so unterhaltsam wie ein Schneckenrennen werden würde. Ohne ihr auch nur ein Blinzeln zum Abschied zu gönnen, folgte er der Spur seiner Angebeteten zur Theke, ließ sich auf einen Hocker fallen, als wäre der ein Kinosessel, und betrachtete die Schöne minutenlang voller Verzükkung, derweil das Mädchen seinen Atem auf die dickwandigen Gläser hauchte und sie mit einem blütenbestickten Lappen abrieb, bis sie makellos glänzten.

COSME, DER TELEGRAFIST, hatte zwei Grundsätze, von denen er nicht abließ: den Sozialismus, den er seinen Bediensteten zu predigen pflegte, wenn auch nur oberflächlich, da alle schon überzeugt oder sogar in der Partei waren, und die Dienstmütze, die innerhalb des Postamts auf dem Kopf zu sitzen hatte. Er konnte Marios wirre Mähne, die proletarisch urwüchsig den Schnitt der Beatles noch übertrumpfte, tolerieren, die von Fahrradölflecken verseuchten Bluejeans, die farblose Bauernlümmeljacke und die Angewohnheit, das Naseninnere mit dem kleinen Finger zu erforschen, akzeptieren, aber das Blut geriet ihm in Wallung, wenn er Mario ohne Mütze daherkommen sah. Als der Briefträger gramvoll zum Sortiertisch ging und ein mattes »Guten Morgen« hauchte, brachte er ihn, indem er ihm einen

Finger aufs Brustbein drückte, zum Stehen, führte ihn zu dem Haken, an dem die Mütze hing, drückte sie ihm bis über die Ohren auf den Kopf und forderte ihn dann auf, seinen Gruß zu wiederholen.

»Guten Morgen, Chef.«

»Guten Morgen«, grunzte Cosme.

»Briefe für den Dichter?«

»Viele Briefe. Und außerdem ein Telegramm.«

»Ein Telegramm?«

Der Junge hielt es gegen das Licht und versuchte, den Inhalt zu entziffern, und ehe man sich's versah, war er schon auf der Straße und auf seinem Rad. Er trat bereits kräftig in die Pedale, als Cosme mit dem Rest der Post an der Tür erschien und hinter Mario herrief:

»Du hast die Briefe vergessen!«

»Ich bringe sie ihm später!« rief Mario zurück.

»Du bist verrückt!« schrie Don Cosme, »dann mußt du ja zweimal fahren.«

»Ich bin überhaupt nicht verrückt, Chef. So sehe ich den Dichter zweimal!«

An Nerudas Tür hängte er sich an das Seil, das die Türglocke rücksichtslos in Aktion versetzte, doch selbst drei Minuten dieser Dosis Lärm brachten den Dichter nicht zum Vorschein. Mario lehnte das Fahrrad an den Laternenpfahl und rannte mit letzter Kraft zu den Felsen am Strand, wo er Neruda auf den Knien im Sand graben sah.

»Glück gehabt«, japste er, während er über die Felsen zu dem Dichter eilte. »Ein Telegramm!«

»Da mußtest du aber früh raus, Junge.«

Mario kam an Nerudas Seite zum Stehen und widmete dem Dichter zehn Sekunden heftigsten Keuchens, bis er endlich die Sprache wiederfand.

»Macht nichts. Dafür habe ich großes Glück gehabt; ich muß nämlich mit Ihnen sprechen.«

»Das muß aber sehr wichtig sein, du schnaufst ja wie ein Pferd.«

Mario wischte sich den Schweiß von der Stirn, rieb das Telegramm an seiner Hose trocken und drückte es dem Dichter in die Hand. »Don Pablo«, sagte er feierlich, »ich habe mich verliebt.«

Der Dichter nahm das Telegramm und fächelte sich damit unter dem Kinn. »Nun ja«, antwortete er, »das ist doch nichts Schlimmes. Dagegen gibt es doch Mittel.«

»Mittel? Wenn es dagegen ein Mittel gibt, Don Pablo, dann will ich nur noch krank sein. Ich bin verliebt, hoffnungslos verliebt.«

Die gewöhnlich schon träge Stimme des Dichters hörte sich diesmal an, als ließe er anstelle von Worten zwei Steine in den Sand fallen: »Gegen wen?«

»Don Pablo?«

»*In* wen, Mann?«

»Sie heißt Beatriz.«

»Dante, Tod und Teufel!«

»Don Pablo?«

»Es gab einmal einen Dichter, der so hieß und der sich in eine gewisse Beatriz verschossen hatte. Die Beatrizen verursachen eine ganz maßlose Liebe.«

Der Briefträger schwang seinen Bic-Kugelschreiber

und kratzte damit in der Handfläche seiner linken Hand herum.

»Was machst du da?«

»Ich notiere mir den Namen dieses Dichters. Dante.«

»Dante Alighieri.«

»Mit ›g‹ in der Mitte und ›i‹ und ...«

»Nein, Mann, mit ›h‹ in der Mitte.«

»Mit ›h‹ wie ›Hanf‹?«

»Wie ›Hanf‹ und ›Haschisch‹.«

»Don Pablo?«

Der Dichter zog seinen grünen Kugelschreiber hervor, drückte den Handrücken des Jungen auf den Fels und schrieb mit pompösen Lettern den Namen auf die Haut des Briefträgers. Als er dann das Telegramm aufriß, schlug Mario sich die nun kostbare Hand vor die Stirn und seufzte erneut: »Don Pablo, ich habe mich verliebt.«

»Das hast du mir schon gesagt. Und was kann ich dabei tun?«

»Sie müssen mir helfen.«

»In meinem Alter!«

»Sie müssen mir helfen, weil ich nicht weiß, was ich ihr sagen soll. Wenn sie vor mir steht, ist es, als wäre ich stumm. Ich bringe kein einziges Wort über die Lippen.«

»Wie, du hast noch gar nicht mit ihr gesprochen?«

»So gut wie nichts. Gestern ging ich am Strand entlang, wie Sie es mir gesagt hatten. Ich habe lange das Meer betrachtet, aber mir ist keine einzige Metapher eingefallen. Dann bin ich in die Strandbar gegangen und habe mir eine Flasche Wein gekauft. Na ja, die Flasche hat sie mir verkauft.«

»Beatriz.«

»Beatriz. Ich habe sie immerzu angestarrt und mich in sie verliebt.«

Neruda kratzte sich mit dem Ende seines Kugelschreibers die glänzende Glatze. »So schnell?«

»Nein, so schnell nicht. Ich habe sie wohl zehn Minuten lang angeschaut.«

»Und sie?«

»Und sie sagte: ›Was gaffst du mich an? Hab' ich vielleicht was im Gesicht?‹«

»Und du?«

»Mir ist nichts eingefallen.«

»Gar nichts? Du hast nicht ein Wort zu ihr gesagt?«

»Gar nichts nicht. Fünf Worte habe ich ihr gesagt.«

»Welche?«

»Wie heißt du?«

»Und sie?«

»Sie sagte: Beatriz González.«

»Du hast sie gefragt, wie heißt du? Gut, das sind drei Wörter. Und die anderen zwei?«

»Beatriz González.«

»Beatriz González.«

»Sie sagte: Beatriz González, und ich habe wiederholt: Beatriz González.«

»Junge, Junge, du hast mir ein dringendes Telegramm gebracht, aber wenn wir uns weiter über Beatriz González unterhalten, wird mir die Nachricht in den Händen verfaulen.«

»In Ordnung, öffnen Sie's.«

»Du als Briefträger solltest wissen, daß Korrespondenz etwas Vertrauliches ist.«

»Ich habe noch nie einen Ihrer Briefe geöffnet.«

»Das habe ich auch nicht gesagt. Ich meine nur, daß man verlangen kann, seine Briefe in Ruhe und ohne Spione und Zeugen um sich herum zu lesen.«

»Ich verstehe, Don Pablo.«

»Das freut mich.«

Heftiger noch als den ausbrechenden Schweiß empfand Mario den Kummer, der ihn beschlich, und er flüsterte hintersinnig: »Auf Wiedersehn, Dichter.«

»Auf Wiedersehen, Mario.«

In der Hoffnung, diese Episode gekonnt großzügig beschließen zu können, reichte ihm der Dichter einen Schein der Kategorie »sehr gut«. Mario sah ihn an und gab ihn, heftig mit sich ringend, zurück: »Wenn es nicht zuviel verlangt ist, hätte ich gern, daß Sie mir anstelle des Geldes ein Gedicht für sie schrieben.«

Seit Jahren war Neruda nicht mehr gerannt, aber in diesem Augenblick verspürte er den unwiderstehlichen Drang, sich zusammen mit den Zugvögeln, die Bécquer so lieblich besungen hatte, von diesem Ort hinwegzuheben. So rasch sein Alter und sein Leibesumfang es ihm erlaubten, machte er sich in Richtung Strand davon und warf dabei die Arme in die Luft.

»Aber ich kenne sie doch nicht einmal! Ein Dichter muß einen Menschen kennen, um von ihm inspiriert zu werden. Er kann nichts aus dem Nichts heraus erfinden.«

»Wissen Sie was, Dichter?« blieb ihm der Briefträger auf den Fersen, »wenn Ihnen ein einfaches
Gedicht solche Schwierigkeiten macht, werden Sie
den Nobelpreis nie bekommen.«

Außer Atem blieb Neruda stehen. »Mario, ich
bitte dich um eines: Kneife mich, damit ich aus
diesem Alptraum erwache.«

»Verstehen Sie denn nicht, Don Pablo? Sie sind
der einzige Mensch im Dorf, der mir helfen kann.
Alle anderen sind Fischer, die wissen nichts zu
sagen.«

»Aber diese Fischer haben sich doch auch einmal
verliebt und haben den Mädchen, die ihnen gefie-
len, bestimmt auch irgend etwas gesagt.«

»Fischköpfe.«

»Aber sie haben sie verliebt gemacht und sie geheiratet. Was ist dein Vater?«

»Fischer natürlich.«

»Da hast du's! Irgendwann muß er ja mal mit deiner Mutter gesprochen und sie beredet haben, ihn
zu heiraten.«

»Don Pablo, dieser Vergleich zählt nicht, weil
Beatriz tausendmal schöner ist als meine Mutter.«

»Mein lieber Mario, ich kann dem Wunsch, das
Telegramm jetzt zu lesen, nicht länger widerstehen. Gestattest du?«

»Mit dem größten Vergnügen.«

»Danke.«

Neruda wollte den Umschlag mit der Nachricht
aufreißen, doch aufgeregt, wie er war, zerfetzte er

ihn. Mario stellte sich auf die Zehenspitzen und versuchte, dem Dichter über die Schulter zu sehen.

»Ist nicht aus Schweden, was?«

»Nein.«

»Glauben Sie, daß Sie den Nobelpreis dieses Jahr bekommen werden?«

»Ich habe es aufgegeben, mir darüber große Gedanken zu machen. Ich finde es äußerst ärgerlich, meinen Namen jedes Jahr auf irgendeinem Platz der Kandidatenliste zu sehen, als wäre ich ein Rennpferd.«

»Von wem ist dann das Telegramm?«

»Vom Zentralkomitee der Partei.« Der Dichter machte eine dramatische Pause. »Junge, ist heute vielleicht zufällig Freitag, der dreizehnte?«

»Warum, schlechte Nachrichten?«

»Schlechter als schlecht. Man will, daß ich für die Präsidentschaftswahlen kandidiere.«

»Aber Don Pablo, das ist doch phantastisch!«

»Phantastisch, als Kandidat aufgestellt zu werden. Aber was, wenn ich wirklich gewählt werde?«

»Natürlich werden Sie gewählt. Jeder kennt Sie doch. Bei uns zu Hause gibt es nur ein einziges Buch, und das ist von Ihnen.«

»Und was beweist das?«

»Wie, was beweist das? Wenn mein Vater, der weder lesen noch schreiben kann, ein Buch von Ihnen im Haus hat, bedeutet das, daß wir gewinnen werden.«

»Wir werden gewinnen?«

»Klar, ich werde jedenfalls für Sie stimmen.«

»Ich danke dir für deine Unterstützung.«

Neruda faltete die sterblichen Überreste des Telegramms zusammen und begrub sie in der Gesäßtasche seiner Hose. Der Briefträger sah ihm mit einem feuchten Ausdruck in den Augen zu, der den Dichter an einen jungen Hund im Landregen erinnerte. Ohne eine Miene zu verziehen, sagte er: »Jetzt gehen wir in die Bar und sehen uns die berühmte Beatriz González an.«

»Sie machen Witze, Don Pablo.«

»Ich meine es ernst. Wir gehen in die Bar, trinken ein Gläschen Wein und werfen dabei einen Blick auf die Braut.«

»Sie wird vor Staunen sterben, wenn sie uns zusammen sieht. Pablo Neruda und Mario Jiménez trinken zusammen einen Wein bei ihr in der Bar. Sie wird sterben!«

»Das wäre sehr traurig. Denn anstatt ihr ein Gedicht zu schreiben, müßte ich ihr dann eine Grabinschrift verpassen.«

Der Dichter schritt schon energisch aus, aber als er sah, daß Mario, traumverloren auf den Horizont starrend, zurückgeblieben war, wandte er sich um und sagte: »Was ist denn jetzt?«

Der Briefträger fiel in Trab, und als er Neruda eingeholt hatte, sah er ihm direkt in die Augen. »Don Pablo, wenn ich Beatriz González heirate, wollen Sie dann wohl unser Trauzeuge sein?«

Neruda kratzte sich das glattrasierte Kinn, tat so, als grüble er über die Antwort nach, und legte dann streng einen Finger an seine Stirn.

»Erst trinken wir in der Bar einen Wein, und dann finden wir eine Lösung für beides.«

»Für was beides?«

»Für die Präsidentschaft und Beatriz González.«

DER FISCHER, DER Pablo Neruda in Begleitung eines jungen Unbekannten, der sich an einer großen Ledertasche mehr festhielt, als daß er sie trug, in die Bar kommen sah, beeilte sich, der neuen Serviererin den – zu einem Teil – vornehmen Besuch anzukündigen. »He!«

Die Ankömmlinge setzten sich an einen Tisch vor dem Tresen und bemerkten hinter ihm ein ungefähr siebzehnjähriges Mädchen mit gelocktem, vom Wind zerzaustem kastanienbraunen Haar. Sie hatte melancholische, selbstbewußte braune Augen, rund wie reife Kirschen, einen Hals, der in zwei Brüste überging, die verführerisch in einer zwei Nummern zu engen weißen Bluse steckten, Brüste, deren Spitzen zwar bedeckt, aber dennoch ungemein aufregend waren, und eine jener Taillen, die man beim Tango nicht mehr losläßt, bis die Nacht und der Wein zu Ende sind. Nach einer kleinen Weile, gerade so viel, daß das Mädchen hinter dem Tresen hervorkommen und den Bretterboden des offenen Saals betreten konnte, trat der Teil ihres weiblichen Körpers in

41

Erscheinung, auf dem alle ihre Vorzüge ruhten: der gewölbte Sockel ihrer Taille, der sich in schwindelerregende Hüften teilte und von einem Minirock zur vollen Blüte gebracht wurde, der wie ein Signal auf ihre Beine wies, die, wie in einem langsamen Tanz, über die kupferfarbenen Knie in nackten, erdverbundenen runden Füßen endeten, von denen aus der Blick ihrer Betrachter gezwungen war, jedes einzelne Pigment der Haut wieder zurückzuverfolgen, bis hinauf zu den kaffeebraunen Augen, die es verstanden hatten, von Melancholie auf Schalkhaftigkeit zu wechseln, als sie am Tisch der Gäste angekommen war.

»Ah, der König des Tischfußballs«, sagte Beatriz González und stützte ihren kleinen Finger auf den Wachstuchbezug. »Und womit kann ich dienen?«

Mario hing an ihren Augen und versuchte, eine gute halbe Minute lang sein Gehirn dazu zu bewegen, ihm die Mindestinformationen zur Überwindung seines traumatischen Zustandes zu geben, der in der ihm unbeantwortbaren Frage bestand: Wer bin ich, wo bin ich, wie atmet und wie spricht man?

Obwohl das Mädchen wiederholte: »Womit kann ich dienen?«, wobei sie mit dem ganzen Ensemble ihrer fragilen Finger auf dem Tisch trommelte, gelang es Mario Jiménez nur, sein Schweigen in völlige Stummheit zu verwandeln. Also richtete Beatriz González ihre gebieterischen Augen auf den Begleiter des Briefträgers, und mit einer Stimme, die von der zwischen dem Geschmeide ihrer Zähne leuchten-

den Zunge moduliert wurde, stellte sie ihm eine
Frage, die Neruda unter anderen Umständen nur als
ganz normal empfunden hätte: »Und was kann ich
Ihnen bringen?«
»Das gleiche wie ihm«, antwortete der Dichter.

Zwei Tage danach wurde der Dichter von einem
ächzenden Lastwagen, der über und über mit Plakaten beklebt war, auf denen unter dem Bild des Poeten
Unser Präsident: Neruda zu lesen war, aus seinem
Schlupfwinkel entführt. Er faßte diesen Vorgang in
seinem Tagebuch so zusammen: »Das politische
Leben riß mich wie ein Donnerschlag aus meiner
Arbeit. Wieder einmal bin ich zu den Menschen
zurückgekehrt. Die Menschenmenge ist die Lehre
meines Lebens gewesen. Ich mag zu ihr kommen, mit
der angeborenen Schüchternheit des Dichters, mit
der Scheu des Schüchternen, doch kaum bin ich in
ihrer Mitte, fühle ich mich verwandelt. Dann bin ich
Teil der wesenhaften Mehrheit, bin ein Blatt mehr des
großen menschlichen Baumes.«
Ein bekümmert welkendes Blatt dieses Baumes kam,
um ihn zu verabschieden: der Briefträger Mario Jiménez. Er war untröstlich, auch dann noch, als der
Dichter ihn umarmte und ihm mit feierlicher Geste
die in rotes Leder gebundene dreibändige Losada-

Dünndruckausgabe seiner *Gesammelten Werke* überreichte. Sein Kummer wich auch nicht von ihm, als er die Widmung las, die vor einiger Zeit jeden seiner Träume übertroffen hätte: »Meinem geliebten Freund und Genossen Mario Jiménez, Pablo Neruda.«

Er sah den Lastwagen über den Feldweg davonfahren und wünschte, der aufgewirbelte Staub möge ihn wie einen massigen Leichnam ein für allemal unter sich begraben.

Aus Treue zum Dichter schwor Mario, nicht eher aus dem Leben zu scheiden, als bis er jede einzelne dieser dreitausend Seiten gelesen hätte. Die ersten fünfzig brachte er gleich unter dem Glockenturm hinter sich, während das Meer, das den Dichter zu zahllosen strahlenden Bildern inspiriert hatte, ihn wie ein monotoner Souffleur mit dem Ohrwurm »Beatriz González, Beatriz González« durcheinanderbrachte.

Zwei Tage umlungerte er die Strandbar, die drei Bände auf dem Gepäckträger seines Fahrrads sowie ein Schreibheft der Marke *Turm*, das er in San Antonio gekauft und in das er etwaige Bilder in Worte zu fassen sich vorgenommen hatte, zu denen der Umgang mit der sturzflutartig über ihn hereinbrechenden Lyrik des Meisters ihn anregen würde.

In diesen Tagen sahen ihn die Fischer, wie er sich mit dem vor dem Schlund des Meeres versagenden Schreibstift abmühte, aber es blieb ihnen verborgen, daß er die Seiten mit nichtssagenden Kreisen und Dreiecken füllte, deren absolute Inhaltsleere das

Röntgenbild seiner Vorstellungskraft war. Aber schon nach kurzer Zeit kam in der Bucht das Gerücht in Umlauf, der Briefträger Mario Jiménez schicke sich an, den Thron Pablos Nerudas zu besteigen, kaum daß der Dichter Isla Negra verlassen habe. Voll und ganz in seine ausgiebige Mutlosigkeit vertieft, wurde sich der Junge des Geredes und Gespötts erst an einem Nachmittag bewußt, als er, in den *Extratouren* blätternd, auf der Mole saß, auf der die Fischer ihre Muscheln verkauften. Da fuhr ein Lieferwagen mit aufmontierten Lautsprechern vor, aus denen zwischen Krächzen und Quietschen die Parole erscholl: »Gegen den Marxismus mit dem Kandidaten von Chile: Jorge Alessandri«, die durch einen weniger geistreichen, dafür aber der Wahrheit entsprechenden Satz ergänzt wurde: »Ein Mann mit Erfahrung an die Regierung: Jorge Alessandri Rodríguez.«
Dem aufgeregten Gefährt entstiegen zwei weißgekleidete Männer; sie näherten sich der Gruppe mit einem so vollmundigen Grinsen in den Gesichtern, wie man es eher selten in dieser Gegend antrifft, in der der allgemeine Mangel an vollständigen Zahnreihen den verschwenderischen Umgang mit Lächeln nicht gerade begünstigt. Einer dieser Männer war der Abgeordnete Labbé, Vertreter der Rechten im Bezirk, der im letzten Wahlkampf versprochen hatte, Elektrizität in die Bucht zu bringen, und der inzwischen dabei war, seinen Schwur Schritt für Schritt zu erfüllen, was er mit der Einweihung eines trotz seiner

45

drei vorschriftsmäßigen Farben alle verblüffenden Ampelmastes bewiesen hatte, den man auf der Wegkreuzung installierte, auf der der Fischlastwagen, Mario Jiménez' Legnano-Fahrrad sowie Esel, Hunde und ein paar kopfscheue Hühner verkehrten.

»Wir arbeiten für Alessandri«, sagte Labbé und verteilte Handzettel an die Männer. Die Fischer nahmen sie mit der Höflichkeit, die lange Jahre des Vertrauens in die Linken und der Analphabetismus mit sich bringen, betrachteten das Bild des Expräsidenten, dessen Gesichtsausdruck zu seinen Härteparolen und -praktiken paßte, und steckten das Blatt in ihre Hemdentaschen. Nur Mario gab es wieder zurück. »Ich wähle Neruda«, sagte er.

Der Abgeordnete Labbé dehnte sein auf Mario ruhendes Lächeln auf die ganze Gruppe der Fischer aus. Sie alle hingen an der Leimrute von Labbés sympathischer Ausstrahlung. Alessandri selbst wußte das vermutlich auch und hatte ihn deshalb auf Wahlkampf zu den Fischern geschickt, die auf Fischköder ebenso spezialisiert waren wie darauf, selbst an keine anzubeißen.

»Neruda«, wiederholte Labbé, und es hörte sich an, als liefe jede einzelne Silbe des Dichternamens an Labbés makellosen Zahnreihen entlang, »Neruda ist ein großer Dichter. Vielleicht sogar der größte aller Dichter. Aber ganz offen gestanden, meine Herren, als Präsidenten von Chile sehe ich ihn nicht.« Und Mario mit dem Flugblatt zusetzend, sagte er: »Lies das mal, Junge, vielleicht überzeugt es dich.«

Der Briefträger stopfte das gefaltete Papier in seine Tasche, während der Abgeordnete sich über einen Korb mit Austern beugte und sie befingerte.

»Was nimmst du fürs Dutzend?«

»Hundertfünfzig, für Sie.«

»Hundertfünfzig! Für den Preis mußt du mir aber garantieren können, daß in jeder Auster eine Perle steckt.«

Die Fischer lachten, angesteckt von der Ungezwungenheit Labbés, von jener Liebenswürdigkeit, die einige reiche Chilenen besitzen, die, wo immer sie hinkommen, eine herzliche Atmosphäre um sich verbreiten. Der Abgeordnete erhob sich, trat ein paar Schritte zur Seite und steigerte sein sympathisches Höflingslächeln fast bis zu einem Ausdruck von Seligkeit. Dann sagte er, laut genug, daß alle es hören konnten, zu Mario: »Ich habe gehört, daß die Poesie es dir angetan hat. Es heißt, du machst Pablo Neruda schon Konkurrenz.«

Das Gelächter der Fischer brach ebenso plötzlich aus wie die Röte auf Marios Gesicht. Er fühlte sich brüskiert, fassungslos, zugeschnürt, verwirrt, verkümmert, plump, ungeschliffen, rot, hochrot, scharlachrot, zinnoberrot, purpurrot, feucht, verklebt, verachtet, am Ende. Diesmal kamen ihm zwar Worte in den Sinn, aber sie bedeuteten allesamt: »Sterben, nur sterben.«

Da winkte der Abgeordnete seinem Assistenten mit gravitätischer Gebärde, ihm etwas aus seinem Lederkoffer zu bringen. Und was nun unter der strahlen-

den Sonne der Bucht zum Vorschein kam, war ein in
Blauleder gebundenes Buch mit zwei goldenen Let-
tern auf dem glänzenden Einband, dessen edle
Machart das gute Leder der Losada-Ausgabe des
Dichters beinahe verblassen ließ.

Eine tiefe Herzlichkeit stieg Labbé in die Augen, als
er Mario das Buch überreichte und sagte: »Nimm,
mein Junge. Da kannst du deine Gedichte hinein-
schreiben.«

Langsam und süß verschwand die Röte aus Marios
Gesicht, als habe eine kühle Welle ihn gerettet, eine
frische Brise ihn getrocknet, als sei das Leben, wenn
auch nicht wunderbar, so doch zumindest erträglich.
Er tat einen tiefen Atemzug, und mit einem ganz
gewöhnlichen Lächeln, das nicht weniger sympa-
thisch war als das von Labbé, sagte er, wobei seine
Finger das glatte blaue Leder streichelten: »Danke,
Señor Labbé.«

JEDE EINZELNE SEITE des Buches war so seidig glänzend und so makellos weiß, daß Mario Jiménez einen
glücklichen Vorwand fand, seine Verse nicht hinein-
schreiben zu müssen. Wenn er sein Schreibheft
Marke *Turm* vollgekritzelt hätte, nahm er sich vor,
würde er erst seine Hände mit *Flores de Pravia*-Seife
abbeizen und dann seine Metaphern einer kritischen

Durchsicht unterziehen, um nur die besten mit einer dieser grünen Minen, die der Dichter benutzte, in das blaue Buch zu übertragen. In den folgenden Wochen wuchs seine Einfallslosigkeit im gleichen Maß rapide an wie sein Ruf als Dichter. Sein Liebäugeln mit den Musen hatte sich bald so weit herumgesprochen, daß auch der Telegrafist Cosme davon erfuhr, der ihn, ohne Widerspruch zu dulden, aufforderte, einige Verse auf einer kulturpolitischen Veranstaltung der Sozialistischen Partei in San Antonio vorzutragen. Der Briefträger willigte schließlich ein, die *Ode an den Wind* von Neruda vorzutragen, was ihm ein wenig Applaus und die Bitte einbrachte, bei künftigen Versammlungen Mitglieder wie Sympathisanten mit der *Ode an die Meeraalsuppe* zu unterhalten. Der Telegrafist bot sich spontan an, demnächst wieder einen Dichterabend für die Fischer des Hafens zu organisieren.

Aber weder seine öffentlichen Auftritte noch seine von der unumstößlichen Tatsache angefachte Trägheit, keinen einzigen Postkunden mehr zu haben, linderten seine Sehnsucht nach Beatriz González, die von Tag zu Tag schöner wurde, aber nicht im geringsten ahnte, welche Auswirkungen diese ihre Fortschritte auf den Briefträger hatten.

Als Mario schließlich doch eine ansehnliche Zahl von Versen des Dichters auswendig gelernt hatte und sich anschickte, sie auf seine große Liebe zwecks Verführung anzuwenden, stieß er frontal auf eine in Chile sehr gefürchtete Institution: die der Schwiegermütter.

Eines Morgens stand er an der Ecke unter der Laterne und war bemüht, sich mit großer Ausdauer den Anschein zu geben, nicht auf sie zu warten; da sah er Beatriz endlich aus dem Haus kommen. Doch wie er, ihren Namen auf den Lippen, auf sie zustürzte, erschien ihre Mutter auf der Bildfläche, fixierte ihn wie ein Insekt und sagte »Guten Morgen«, was dem Ton nach jedoch unverkennbar »Scher dich weg« bedeutet hatte.

Also entschied er sich für eine mehr diplomatische Strategie. Er ging am nächsten Tag in die Bar, als seine Angebetete gerade nicht da war, stellte seine Posttasche auf den Tresen und bestellte bei der Mutter eine Flasche Wein vom Besten, die er zwischen Drucksachen und Briefen in die Tasche gleiten ließ. Er ließ dann seinen Blick durch die Bar schweifen, als sähe er die Räumlichkeiten zum erstenmal, und sagte nach einem Räuspern: »Nettes Lokal hier.«

Beatriz' Mutter entgegnete so höflich wie möglich: »Nach Ihrer Meinung habe ich überhaupt nicht gefragt.«

Mario versenkte seinen Blick in die Ledertasche und hatte große Lust, sofort der Flasche Wein hinterherzukriechen und ihr Gesellschaft zu leisten. Statt dessen räusperte er sich noch einmal: »Für Neruda hat sich viel Post angesammelt. Ich verwahre sie für ihn, damit sie nicht verlorengeht.«

Die Frau kreuzte ihre Arme vor der Brust, schob ihre schnaubende Nase nach vorn und sagte:

»Schön, und warum erzählen Sie mir das alles? Wollen Sie mir Ihr Geschwätz aufdrängen, oder was?«
Von diesem äußerst vertraulichen Gespräch ermuntert, folgte er Beatriz am Abend desselben Tages zum Strand, an dem die gelbrot untergehende Sonne Barden und Liebeslehrlinge in reines Entzücken versetzen konnte. Allerdings bemerkte er nicht, daß die Mutter des Mädchens ihn vom Balkon ihres Hauses aus beobachtete. Mit dem Herzen in der Kehle sprach er Beatriz auf der Höhe der Felsen an. Zu Beginn redete er überstürzt, aber dann – als sei er eine Marionette und Neruda sein Bauchredner – kamen seine Worte so fließend, daß die von ihnen hervorgerufenen Bilder sich mit solchem Zauber entfalteten, daß ihre Unterhaltung, oder besser gesagt, sein Vortrag, sich hinzog, bis es vollkommen dunkle Nacht war.
Als Beatriz von den Felsen auf direktem Weg zur Strandbar zurückging und dort im Vorbeigehen schlafwandlerisch eine noch halbvolle Flasche Wein vom Tisch zweier Fischer nahm und damit deren helle Verblüffung hervorrief, da sie, den Bolero *La Vela* von Roberto Lecaros vor sich hin lallend, dem Wein eigentlich noch weiter hatten zusprechen wollen, und mit dem so entwendeten Gesöff zum Tresen ging, sagte sich ihre Mutter, daß es wohl besser sei zu schließen. Sie verzichtete auf das Geld ihrer beiden enttäuschten Gäste, drängte sie zur Tür und schob hinter ihnen den Riegel vor.
Sie fand die Tochter in deren Zimmer, in das der Herbstwind wehte, die Augen dem schrägen Licht

des vollen Mondes zugewandt. Beatriz saß auf der Matratze, ein undeutlicher Schatten mit wild bewegtem Atem.

»Was machst du denn?« fragte die Mutter.

»Ich denke nach.«

Mit einem Handgriff betätigte die Mutter den Schalter, und das Licht überflutete ein zurückweichendes Gesicht. »Wenn du nachdenkst, möchte ich schon sehen, was für eine Visage du dabei machst.«

Beatriz hielt sich die Hände vor die Augen.

»Und mitten im Herbst mit sperrangelweit offenem Fenster!«

»Mama, dies ist mein Zimmer!«

»Aber die Arztrechnung zahle immer noch ich. Also, mein Kind, heraus mit der Sprache. Wer ist er?«

»Er heißt Mario.«

»Und was macht er?«

»Er ist Briefträger.«

»Briefträger?«

»Ja, hast du nicht seine große Posttasche gesehen?«

»Und ob ich die Posttasche gesehen habe. Ich habe auch gesehen, wofür er sie benutzt. Um eine Flasche Wein hineinzustecken.«

»Weil er mit dem Austragen schon fertig war.«

»Und wem trägt er Briefe aus?«

»Don Pablo.«

»Neruda?«

»Ja, sie sind Freunde.«

»Hat er dir das gesagt?«

»Ich habe sie zusammen gesehen. Sie waren in der Bar und haben sich unterhalten.«

»Worüber unterhalten?«

»Über Politik.«

»Aha, Kommunist ist er auch!«

»Mama, Neruda ist bald der neue Präsident von Chile.«

»Mein liebes Kind, wenn du Gedichte mit Politik verwechselst, dann bist du im Nu alleinstehende Mutter. Was hat er dir gesagt?«

Beatriz lag das Wort auf der Zunge, aber sie bereitete es noch einige Sekunden lang mit ihrem erhitzten Speichel zu. »Metaphern.«

Ihre Mutter klammerte sich an die Bronzestange des rustikalen Bettes und drückte sie so fest, bis sie sicher war, die Stange mit ihren Händen zum Schmelzen bringen zu können.

»Was ist mit dir los, Mama? An was denkst du?«

Die Frau trat an die Seite ihrer Tochter, ließ sich auf das Bett fallen und hauchte mit schwacher Stimme: »Noch nie habe ich von dir ein so kompliziertes Wort gehört. Was für ›Metaphern‹ hat er dir denn gesagt?«

»Er hat gesagt... Er sagte, mein Lächeln entfalte sich wie ein Schmetterling in meinem Gesicht.«

»Und was noch?«

»Na ja, als er das sagte, mußte ich lachen.«

»Und dann?«

»Dann sagte er etwas über mein Lachen. Er sagte, mein Lachen sei eine Rose, eine splitternde Lanze, ein sprudelnder Quell. Er sagte, mein Lachen sei wie eine plötzliche Welle aus Silber.«

Die Frau befeuchtete sich mit zitternder Zunge die Lippen. »Und was hast du dann gemacht?«

»Ich hab' geschwiegen.«

»Und er?«

»Was er mir noch gesagt hat?«

»Nein, mein Kind. Was er dir noch getan hat. Denn außer seinem Mund wird dein Briefträger auch noch Hände gehabt haben.«

»Er hat mich kein einziges Mal angefaßt. Er sagte, er sei glücklich, an der Seite eines jungen Mädchens zu liegen, das so rein wie der Strand eines weißen Ozeans sei.«

»Und du?«

»Ich blieb still und dachte nach.«

»Und er?«

»Er sagte, daß ihm mein Schweigen gefalle, weil ich dann so abwesend sei.«

»Und du?«

»Ich habe ihn angesehen.«

»Und er?«

»Er hat mich auch angesehen. Und als er aufhörte, mir in die Augen zu sehen, sah er lange auf mein Haar, ganz nachdenklich, ohne ein Wort zu sagen. Und dann sagte er: ›Mir fehlt die Zeit, dein Haar zu lobpreisen, jedes einzelne müßte ich zählen und verherrlichen.‹«

Die Mutter sprang auf und kreuzte die Arme vor der Brust. Ihre Handflächen hielt sie dabei waagerecht wie die Schneiden einer Guillotine. »Kein Wort mehr, Kindchen. Das ist ein ganz Gefährlicher. Jeder Mann, der mit Worten anklopft, geht hinterher mit seinen Händen weiter.«

»Was kann an Worten schon Schlechtes sein«, sagte Beatriz und umarmte ihr Kopfkissen.

»Es gibt kein schlimmeres Gift als das Blabla. Serviererinnen vom Lande fühlen sich danach wie venezianische Prinzessinnen; und später, wenn der Augenblick der Wahrheit kommt, die Rückkehr zur Wirklichkeit, dann stellst du fest, daß Worte nichts sind als ein Haufen ungedeckter Schecks. Mir ist tausendmal lieber, ein Besoffener greift dir an der Bar an den Hintern, als daß man dir sagt, dein Lächeln flöge höher als ein Schmetterling.«

»*Entfaltet* sich wie ein Schmetterling«, fauchte Beatriz.

»Fliegen oder sich entfalten, das bleibt sich gleich. Und weißt du, warum? Weil das alles leere Worte sind. Sie sind wie ein Feuerwerk, das in der Luft zerplatzt.«

»Die Worte, die Mario zu mir gesagt hat, sind nicht in der Luft zerplatzt. Ich weiß sie auswendig und denke bei der Arbeit gerne darüber nach.«

»Das habe ich schon gemerkt. Morgen packst du deinen Koffer und fährst für ein paar Tage zu deiner Tante nach Santiago.«

»Ich will aber nicht.«

»Was du willst, interessiert mich nicht. Dafür ist das hier zu ernst.«

»Was ist ernst daran, daß mich ein Junge anspricht?
Das passiert doch jedem Mädchen.«

Die Mutter machte einen Knoten in ihren Schal.

»Zuerst einmal merkt man schon hundert Meter
gegen den Wind, daß alles, was er dir sagt, von
Neruda ist.«

Beatriz drehte ihren Kopf zur Seite und starrte auf die
Wand, als wäre sie der Horizont. »Nein, Mama! Er
hat mich angesehen, und die Worte schwebten wie
Vögel aus seinem Mund.«

»Wie Vögel aus seinem Mund! Noch diese Nacht
packst du deinen Koffer und fährst nach Santiago.
Weißt du, wie man das nennt, wenn einer Worte
eines anderen als seine eigenen ausgibt? Plagiat! Und
dein Mario kann dafür ins Gefängnis wandern, daß er
dir ... Metaphern sagt. Ich selbst werde den Dichter
anrufen und ihm sagen, daß der Briefträger ihm seine
Verse stiehlt.«

»Ach, was fällt dir nur ein, Mutter! Als ob Don Pablo
Zeit hätte, sich darum zu kümmern. Er ist Präsident-
schaftskandidat bei den Wahlen und bekommt vielleicht den Nobelpreis, und du willst ihn wegen ein
paar Metaphern belästigen.«

Ihre Mutter rieb sich wie ein Boxprofi im Ring mit
dem Daumen an der Nase. »Ein paar Metaphern.
Weißt du überhaupt, wie du aussiehst?« Sie griff das
Mädchen am Ohr und zog es hoch, bis ihre Nasen auf
gleicher Höhe waren.

»Mama!«

»Du bist naß wie eine Wasserpflanze, mein Kind,

und hast eine Temperatur, für die es nur zwei Heil-
mittel gibt: ficken oder verreisen.«
Sie ließ vom Ohrläppchen ihrer Tochter ab, zog den
Koffer unter dem Bett hervor und warf ihn auf die
Matratze.
»Los, packen!«
»Ich denke nicht daran. Ich bleibe hier.«
»Mein liebes Kind, die Wasser der Flüsse ziehen
Steine über ihren Grund und Worte Schwangerschaf-
ten nach sich. Den Koffer!«
»Ich passe schon auf mich auf.«
»Wie willst du auf dich aufpassen? So wie du aus-
siehst, kann man dich schon mit dem kleinen Finger
umstoßen. Und vergiß nicht, daß ich Neruda schon
gelesen habe, bevor du überhaupt von ihm gehört
hast. Sonst wüßte ich ja nicht, daß die Männer eine
poetische Leber bekommen, wenn sie heiß sind.«
»Neruda ist ein sehr ernsthafter Mensch. Er wird
unser neuer Präsident.«
»Wenn es darum geht, mit einem jungen Ding ins
Bett zu gehen, sind sie alle gleich, ob Präsident oder
Priester oder kommunistischer Dichter. Weißt du,
wer geschrieben hat: ›Ich liebe der Seeleute Liebe, die
küssen und weitergehen. Sie lassen zurück ein Ver-
sprechen. Sie kehren nie wieder zurück‹?«
»Neruda.«
»Genau, Neruda! Aber du willst daraus nicht lernen,
was?«
»Ich würde um einen Kuß nicht so ein Getue ma-
chen.«

»Um den Kuß nicht; aber der Kuß ist der Funke, der den Brand verursacht. Und hier noch ein Vers von Neruda: ›Ich liebe die Liebe, die sich in Küsse austeilt, *Bett* und Brot.‹ Im Klartext, mein Kindchen, heißt das, die Sache geht bis zum Frühstück im Bett.«

»Mama!«

»Und dann wird dir dein Briefträger das unsterbliche Neruda-Gedicht aufsagen, das ich mir schon ins Poesiealbum geschrieben habe, als ich so alt war wie Sie, mein Fräulein: ›Ich will's nicht, Geliebte. Auf daß nichts uns binde, daß nichts uns vereine.‹«

»Das verstehe ich nicht.«

Die Mutter formte mit ihren Händen einen imaginären Ballon, der über ihrem Bauchnabel anzuschwellen begann, vor dem Bauch seinen vollen Umfang erreichte und sich bis zum Ansatz der Schenkel hinuntersenkte. Die fließende Bewegung ihrer Hände begleitete sie mit der synkopischen Wiederholung jeder einzelnen Silbe des Gedichts: ›Ich-will's-nicht-Ge-lieb-te-auf-daß-nichts-uns-bin-de-daß-nichts-uns-ver-ei-ne.‹«

Verblüfft riß das Mädchen seinen Blick von der kreisenden Fahrt der Hände los, und einer Eingebung folgend, die ihr der Witwenring am Finger ihrer Mutter gegeben hatte, fragte sie mit der Stimme eines Vögelchens: »Der Ring?«

Nach dem Tode ihres rechtmäßig angetrauten Mannes, des Vaters von Beatriz, hatte die Frau geschworen, nicht mehr zu weinen, bevor nicht ein weiterer, ebenso geliebter Toter in der Familie zu beklagen sei.

58

Doch plötzlich zeigte sich eine einzelne Träne in ihren Augenwinkeln. »Ja, ja, mein Kindchen, der Ring. Und jetzt pack nur schnell dein Köfferchen.«

Das Mädchen biß in ihr Kopfkissen, zeigte, daß ihre Zähne nicht nur verführen konnten, sondern ebenso in der Lage waren, Stoff wie Fleisch zu zerfetzen, und schrie wie toll: »Das ist doch lächerlich! Nur weil ein Mann mir gesagt hat, mein Lächeln schwebe wie ein Schmetterling über meinem Gesicht, soll ich nach Santiago fahren!«

»Jetzt hör mir mal gut zu!« schrie die Mutter ebenfalls außer sich. »*Heute* noch ist dein Lächeln ein Schmetterling, aber schon morgen werden deine Titten zwei gurrende Täubchen sein, die gehätschelt werden wollen, und deine Warzen werden zu zwei saftigen Himbeeren, deine Zunge wird zum schlüpfrigen Teppich der Götter, dein Arsch zum geblähten Segel einer Bark, und was dir jetzt noch zwischen den Beinen pocht, wird dann zum pechschwarzen Glutofen, in dem die eiserne Stange unserer Rasse geschmiedet werden soll. Gute Nacht!«

EINE WOCHE LANG sammelten sich die ungesagten Metaphern in Marios Kehle, daß er beinahe daran erstickte. Beatriz wurde entweder in ihrem Zimmer gefangengehalten, ging einkaufen oder am Strand spazieren, wobei die in ihren Unterarm gekrallten Fänge ihrer Mutter sie jedoch keinen Augenblick losließen. Er folgte den beiden Frauen in sicherer Entfernung zwischen den Dünen, hatte aber das Gefühl, die Señora spüre seine Anwesenheit wie einen Felsblock in ihrem Nacken. Sowie das Mädchen den Kopf wandte, zog ihn die Frau mit einem kräftigen Griff an den Ohren, der zwar beschützend, aber deshalb nicht weniger schmerzhaft war, wieder nach vorn.

Nachmittags lauschte Mario vor der Strandbar untröstlich den Klängen von *La Vela* und hoffte, daß eine Wolke ihm Beatriz in ihrem Minirock heraustrage, den er, so malte er sich aus, mit seiner Zungenspitze in unsagbare Höhen heben wollte. In mystischer Schwärmerei beschloß er, seine treue und stetig sich steigernde Erektion, die er tagsüber hinter den drei Bänden des Dichters verbarg und die ihn des Nachts bis an die Grenzen der Folter trieb, durch keine manuellen Kunstgriffe zu bändigen. In verzeihlicher Romantik stellte er sich vor, jede geprägte Metapher, jeder Seufzer, jede Vorstellung von ihrer Zunge an seinen Ohrläppchen oder zwischen seinen Beinen sei eine kosmische Kraft, die seinen Samen nähre. Mit Hektolitern dieser geläuterten Substanz würde er alsbald Beatriz González vor Glück in den Himmel auffahren lassen, wenn Gott sich nur endlich entschließen könnte, seine Existenz zu beweisen, indem er ihm die Braut – via Herzinfarkt der Mutter oder via Entführung bei Straffreiheit wegen Mundraubs – in die Arme gab.

Am Sonntag dieser Woche kam der rote Lastwagen zurück, der Neruda zwei Monate zuvor entführt hatte, und brachte den Dichter in sein Heim nach Isla Negra zurück. Nur, daß das Gefährt diesmal mit Plakaten vollgeklebt war, auf denen ein Mann mit edler Brust und dem Gesicht eines strengen, aber gütigen Vaters zu sehen war. Unter jedem Bild stand sein Name: Salvador Allende.

Die Fischer liefen dem Lastwagen hinterher, und auch Mario erprobte mit ihnen seine knapp bemessenen athletischen Fähigkeiten. Vor seiner Haustür angekommen, improvisierte Neruda, mit über die Schulter geworfenem Poncho und der klassischen Jockeymütze auf dem Kopf, eine kurze Rede, die Mario endlos vorkam: »Meine Kandidatur verbreitete sich wie ein Lauffeuer«, sagte der Dichter und atmete das Aroma des Meeres ein, das auch sein Zuhause war. »Überall mußte ich sprechen, und ich war gerührt über die Männer und Frauen in den Dörfern, die mich zu Hunderten umdrängten, mich küßten und weinten. Ich sprach zu allen oder las ihnen aus meinen Gedichten vor. In strömendem Regen manchmal, auf aufgeweichten Straßen oder lehmigen Wegen, oder unter dem Wind des Südens, der die Menschen vor Kälte erschauern läßt. Ich war begeistert. Immer mehr Menschen versammelten sich um mich. Immer mehr Frauen kamen.«

Die Fischer lachten.

»Fasziniert und voller Schrecken dachte ich daran, was ich tun würde, wenn man mich zum Präsidenten wählte. Aber dann kam die erlösende Nachricht.« Der Dichter streckte den Arm aus und wies auf die Plakate am Lastwagen. »Allende war zum alleinigen Kandidaten aller Kräfte der Unidad Popular gewählt worden. Nachdem meine Partei zugestimmt hatte, gab ich vor einer großen ausgelassenen Menge meinen Rücktritt bekannt, und Allende stellte sich als neuer Kandidat vor.«

Der Beifall seiner Zuhörer war größer als die Zahl, in der die Fischer sich eingefunden hatten, und als Neruda freudig vom Trittbrett sprang, froh, baldmöglichst wieder an seinem Schreibtisch sitzen zu können, bei seinen Muscheln, seinen unterbrochenen Gedichten und den Galionsfiguren, stellte sich ihm Mario mit zwei Worten in den Weg, die wie ein Flehen klangen: »Don Pablo...«

Der Dichter ging an Mario mit einer eleganten Bewegung vorbei, die eines Toreros würdig gewesen wäre.

»Morgen«, sagte er, »morgen.«

In dieser Nacht bekämpfte der Briefträger seine Schlaflosigkeit damit, daß er die Sternlein am Himmel zählte, sich die Fingernägel abbiß, einen herben Rotwein hinuntergoß und sich die Wangen rieb.

Als der Telegrafist am nächsten Tag den Sterbenselenden vor sich stehen sah, übermannte ihn Mitleid, und er vertraute Mario, während er ihm die Post des Poeten aushändigte, den einzig wahrhaftigen Trost an, den zu ersinnen er in der Lage war: »Heute ist

Beatriz noch eine Schönheit. Aber in fünfzig Jahren wird sie alt sein. Tröste dich mit diesem Gedanken.« Dabei schob er ihm den Postpacken hin. Wie der Junge das Gummiband abriß, das die Briefe zusammengehalten hatte, wurde seine Aufmerksamkeit von einem Brief so stark beansprucht, daß er die anderen wieder liegen ließ.

Er traf den Dichter bei einem üppigen Frühstück auf der Terrasse, während die von den reflektierenden Strahlen der stechenden Sonne geblendeten Möwen über dem Meer taumelten. »Don Pablo«, sagte Mario mit bedeutungsvoller Stimme, »ich habe einen Brief für Sie.«

»Da du Briefträger bist, wundert mich das gar nicht.«

»Als Freund, Nachbar und Genosse bitte ich Sie, den Brief zu öffnen und ihn mir vorzulesen.«

»Ich soll dir einen Brief an mich vorlesen?«

»Ja, weil er von Beatriz' Mutter ist.«

Er hielt ihm die Epistel wie eine scharfgeschliffene Degenklinge hin.

»Beatriz' Mutter schreibt mir einen Brief? Läßt der Kater etwa das Mausen nicht? Apropos: da fällt mir meine *Ode an die Katze* ein. Ich glaube ja immer noch, daß drei Bilder gerettet werden könnten: die Katze als winziger Salonlöwe, als Geheimpolizei der Stuben und als Sultan der erotischen Dachziegel.«

»Herr Dichter, heute ist mir nicht nach Metaphern. Den Brief ... bitte.«

Neruda ritzte mit dem Buttermesser so ausgesucht ungeschickt an dem Umschlag herum, daß die ganze

Prozedur länger als eine Minute dauerte. »Die Leute haben recht, wenn sie sagen, die Rache sei das Vergnügen der Götter«, dachte er und studierte ausgiebig die über die Adresse geklebte Briefmarke, wobei er jedes Härchen im Barte des hohen Herrn studierte, dessen Bild die Marke zierte. Dabei tat er so, als entziffere er den völlig unleserlichen Poststempel von San Antonio, und schnipste dann eine trockene Brotkrume weg, die sich neben dem Absender ins Papier gedrückt hatte. Keiner der Großmeister des Kriminalfilms hatte den Briefträger je in solche Spannung versetzt. Da er seine Fingernägel bereits abgebissen hatte, knabberte er auf den Fingerkuppen herum.

In dem gleichen eintönigen Singsang, in dem er seine Verse rezitierte, begann der Dichter, den Brief vorzulesen.

»Werter Don Pablo. Diesen Brief schreibt Ihnen die Witwe Rosa González, neue Konzessionärin der Strandbar in der Fischerbucht, Bewunderin Ihrer Gedichte und Anhängerin der christdemokratischen Partei. Obwohl ich Sie bei den kommenden Wahlen nicht gewählt hätte und auch Allende nicht wählen werde, ersuche ich Sie als Mutter, Chilenin und Nachbarin von Isla Negra um ein dringendes Gespräch...«

Mehr vor Erstaunen denn aus Bosheit las der Dichter den Rest des Briefes schweigend. Die plötzliche Besorgnis in seiner Miene ließ die Zeigefingerkuppe des Briefträgers bluten. Neruda faltete den Brief zusammen, durchbohrte den Jungen mit seinem

Blick und wiederholte die letzten Worte aus dem Gedächtnis: »...über einen gewissen Mario Jiménez, *Verführer minderjähriger Mädchen.* Mit hochachtungsvollen Grüßen, Witwe Rosa González.«

Er richtete sich entschlossen auf und sagte: »Mein lieber Mario Jiménez, in diese Höhle gehe ich nicht, sagte das Kaninchen.«

Mario folgte dem Dichter in sein mit Muscheln, Büchern und Galionsfiguren vollgestopftes Zimmer.

»Das können Sie doch nicht auf mir sitzen lassen. Don Pablo. Sprechen Sie mit der Señora und sagen Sie ihr, daß sie keinen Unsinn machen soll.«

»Mein lieber Junge, ich bin nur ein Dichter. Von der hohen Kunst, Schwiegermüttern den Garaus zu machen, verstehe ich nichts.«

»Sie müssen mir aber helfen, weil Sie selbst geschrieben haben:

Ich mag nicht das Haus ohne Dach,
das Fenster ohne Scheiben.
Ich mag nicht den Tag ohne Arbeit
oder die Nacht ohne Traum.
Ich mag nicht den Mann ohne Frau,
die Frau ohne den Mann,
die leben sollen, Küsse entzündend,
einander durchdringend,
bis sie erloschen sind.
Ich bin der gute heiratsvermittelnde Dichter.

Sie wollen mir doch jetzt nicht sagen, daß dieses Gedicht nur ein ungedeckter Scheck ist!«

Zwei Wellen, eine von Blässe und eine von Erstaunen, schienen Neruda von der Leber bis in die Augen hinaufzusteigen. Seine plötzlich ausgetrockneten Lippen befeuchtend, platzte er heraus: »Deiner Logik nach hätte Shakespeare wegen des Mordes an Hamlets Vater eingesperrt werden müssen. Hätte der arme Shakespeare die Tragödie nicht geschrieben, wäre dem Vater sicher nichts zugestoßen.«

»Bitte, Dichter, bringen Sie mich nicht noch mehr durcheinander, als ich ohnehin schon bin. Was ich von Ihnen will, ist doch ganz einfach. Sprechen Sie mit der Señora, und bitten Sie sie, mich Beatriz sehen zu lassen.«

»Und damit erklärst du dich für wunschlos glücklich?«

»Wunschlos.«

»Wenn sie dir erlaubt, das Mädchen zu sehen, läßt du mich dann zufrieden?«

»Für heute jedenfalls.«

»Immerhin etwas. Rufen wir sie also an!«

»Jetzt gleich?«

»Auf der Stelle.«

Der Dichter nahm den Hörer des Telefons ab. Er genoß die weit aufgerissenen Augen des Jungen. »Ich höre bis hierher dein Herz bellen wie einen Hund. Halt es mit der Hand still, Mann.«

»Ich kann nicht.«

»Dann gib mir die Nummer der Bar.«

»Eins.«

»Die auswendig zu lernen muß dich ja den Verstand gekostet haben.«

Nachdem er gewählt hatte, durchlitt der Briefträger eine weitere lange Pause, bevor der Dichter endlich sprach. »Doña Rosa González?«

»Zu Diensten.«

»Hier spricht Pablo Neruda.«

Damit tat der Dichter etwas, das ihm eigentlich absolut zuwider war: Er sprach seinen eigenen Namen wie ein Fernsehunterhalter aus, der den ganz großen Star des Abends ankündigt. Aber schon der Brief und jetzt auch das erste Wortscharmützel mit der Frau ließen ihn ahnen, daß er notfalls bis an die Grenze zur Unsittlichkeit würde gehen müssen, um seinen Briefträger aus dem Koma zu holen. Die Wirkung, die sein Name üblicherweise hervorrief, beschränkte sich bei der Witwe einzig und allein auf ein dürftiges: »Aha.«

»Ich möchte Ihnen für Ihr freundliches Briefchen danken.«

»Sie brauchen mir nicht zu danken, Señor. Ich will nur mit Ihnen sprechen.«

»Sprechen Sie, Doña Rosa.«

»Persönlich.«

»Und wo?«

»Wo Sie wünschen.«

Neruda gönnte sich eine Denkpause und sagte dann vorsichtig: »Bei mir zu Hause dann.«

»Ich komme.«

Bevor er auflegte, schüttelte er den Hörer, als wolle er den letzten Rest der Frauenstimme, der noch im Hörer verblieben war, zu Boden werfen.

»Was hat sie gesagt?« flehte Mario.

»Ich komme.«

Neruda knetete seine Hände, und als er resigniert das Heft zuklappte, in das er die grünen Metaphern seines ersten Tages in Isla Negra hatte schreiben wollen, besaß er immerhin noch die Größe, dem Jungen den Mut zuzusprechen, den er selbst so sehr brauchte. »Zumindest haben wir hier Heimvorteil, mein Junge.«

Der Dichter ging zu seinem Plattenspieler, streckte wie aus heiterem Himmel einen glückverheißenden Finger in die Luft und verkündete: »Ich habe dir aus Santiago etwas ganz Besonderes mitgebracht: die offizielle Hymne der Briefträger.«

Nach diesen Worten durchflutete die Musik von *Mister Postman* von den Beatles das Zimmer und ließ die Galionsfiguren wackeln, die Segelschiffe in den Flaschen umkippen, die Zähne in den afrikanischen Masken klappern, erweichte die Steine und ließ die Balken sich biegen, wiegelte die Filigranarbeit auf den handgeschnitzten Stühlen auf, ließ die toten Freunde auferstehen, deren Namen in die Dachbalken eingekerbt waren, ließ die seit Ewigkeiten erloschenen Pfeifen wieder rauchen, die dickbäuchigen Keramiken aus Quinchamali klingeln, das Parfüm der an den Wänden hängenden Belle-Epoque-Kokotten ausströmen, das blaue Pferd losgaloppieren und

das Signal des uralten, endlosen Eisenbahnzugs ertönen, der direkt aus einem Gedicht von Walt Whit-
man angefahren kam.

Und als der Dichter ihm die Plattenhülle in den Arm
legte, wie ein Neugeborenes, das er Mario zur Für-
sorge anvertraute, und zu tanzen begann, indem er
seine behäbigen Pelikanarme schüttelte, den zerzau-
sten Matadoren der Vorstadttanzsäle ähnlich, den
Rhythmus mit seinen Beinen stampfend, die den
warmen Schenkeln exotischer wie dörflicher Schön-
heiten beigewohnt hatten und alle erdenklichen Wege
auf Gottes Erdboden und dazu noch die von seinem
eigenen Blut ersonnenen Pfade gegangen waren, und
als er dann die Schläge des Schlagzeugs mit der etwas
bemühten, doch so veredelnden Anmut seiner Jahre
dämpfte, da wußte Mario, daß er einen Traum durch-
lebte: Ein Engel sprach die einleitenden Worte,
nahende Glückseligkeit versprechend; er war inmit-
ten eines Verheißungsrituals, das die Geliebte in
seine Arme und ihren erregenden Speichel auf seine
salzigen dürstenden Lippen tragen würde. Ein ge-
waltiger Engel in flammender Tunika – mit dem
Glanz und der Umsicht des Poeten ausgestattet –
versicherte ihm, bald würde Hochzeit sein. Sein Ant-
litz glänzte in kindlicher Freude, und sein scheues
Lächeln erstrahlte mit der schlichten Bescheidenheit
eines Brotes auf dem einfach gedeckten Tisch. »Wenn
ich einmal sterbe«, sagte er zu sich selbst, »dann
möchte ich, daß der Himmel so ist wie dieser Augenblick.«

Aber die Züge zum Paradies sind immer kleine Vorortzüge, die sich in feuchten, stickigen Bahnhöfen verlieren. Die Eil-, Schnell- und D-Züge fahren alle zur Hölle. Und deren Hitze war es, die das Blut in seinen Adern in Aufruhr brachte, als er durch die Fenster die Witwe Doña Rosa González herankommen sah. Sie bewegte ihren ganz in Trauer gehüllten Körper mit der Entschlossenheit eines Maschinengewehrs vorwärts. Der Dichter fand es am ratsamsten, den Briefträger hinter einem Vorhang zu verstecken, worauf er sich auf dem Absatz umdrehte, elegant seine Jockeymütze zog und der Señora mit einer Armbewegung den bequemsten seiner Sessel anbot. Die Witwe lehnte jedoch ab und stellte sich breitbeinig vor Neruda hin. Sie lockerte ihr eingeklemmtes Zwerchfell und sagte ohne Umschweife:
»Was ich Ihnen zu sagen habe, ist zu ernst, um im Sitzen besprochen zu werden.«
»Worum handelt es sich, Señora?«
»Seit einigen Monaten lungert dieser gewisse Mario Jiménez in meinem Restaurant herum. Dieser Herr hat sich erdreistet, meiner gerade sechzehnjährigen Tochter blanke Unverschämtheiten zu sagen.«
»Was hat er ihr gesagt?«
»Metaphern«, spie die Witwe das Wort zwischen den Zähnen hervor.
Der Dichter schluckte. »Und?«
»Na ja, mit den Metaphern, Don Pablo, hat er meine Kleine heiß gemacht wie eine rollige Katze.«
»Wir haben Winter, Doña Rosa.«

»Aber meine arme Beatriz verzehrt sich völlig nach diesem Briefträger. Einem Mann, dessen einziges Kapital die Pilze zwischen den Zehen seiner Plattfüße sind. Aber mögen seine Füße auch vor Mikroben wimmeln, sein Mundwerk ist so frech wie Rotz am Ärmel, falsch und verschlungen wie eine Meeresalge. Und das Schlimmste, Don Pablo, die Metaphern, mit denen er mir mein Mädchen verführt, hat er ganz dreist Ihren Büchern entnommen.«

»Nein!«

»Ja! Er hat ganz unschuldig damit angefangen, ihr Lächeln mit einem Schmetterling zu vergleichen. Aber danach hat er ihr schon gesagt, ihre Brüste seien die zwei Flammen eines Feuers.«

»Und glauben Sie«, hakte der Dichter nach, »hat er dieses Bild optisch oder handgreiflich verwendet?«

»Handgreiflich«, antwortete die Witwe. »Ich habe meiner Tochter jetzt verboten, das Haus zu verlassen, bis dieser Herr Jiménez verschwindet. Es mag Ihnen vielleicht grausam erscheinen, sie so einzusperren, aber stellen Sie sich vor, dieses Gedicht hier habe ich mitten in ihrem Büstenhalter entdeckt.«

»Mitten in der Glut ihres Büstenhalters?«

Die Frau brachte ein kariertes Blatt der Marke *Turm* – kein Zweifel – aus ihrem eigenen Ausschnitt zum Vorschein und zitierte daraus wie aus einer Gerichtsakte, wobei sie mit detektivischem Scharfsinn das Wort *nackt* besonders betonte:

»*Nackt* bist du so natürlich wie eine deiner
Hände,
glatt, irdisch, klein, vollkommen, transparent,
Mondlinien hast du, Apfelwege,
nackt bist du wie der nackte Weizen schlank.
Nackt bist du wie die Nacht auf Kuba blau,
hast Ackerwinden und Sterne in deinem Haar,
nackt bist du unerhört und gelb
wie in einem goldnen Kirchenraum der Sommer.«

Angewidert knüllte sie den Text zusammen, begrub
ihn diesmal in ihrer Schürze und setzte hinzu:
»Das heißt nichts anderes, Señor Neruda, als daß
der Briefträger meine Tochter splitterfasernackt
gesehen hat.«
In diesem Augenblick bedauerte der Dichter, die
materialistische Lehre von der Interpretation des
Universums unterschrieben zu haben, da er das
dringende Bedürfnis verspürte, den lieben Gott um
Erbarmen anzurufen. Eingeschüchtert versuchte er
es mit einem Ausweichmanöver, ohne jedoch die
geistesgegenwärtige Glaubhaftigkeit jener Anwälte
aufweisen zu können, die, wie ein Charles Laughton
im Film, sogar einen Toten davon überzeugen, noch
kein Leichnam zu sein. »Ich würde sagen, Señora
Rosa, daß sich aus dem Gedicht noch nicht notwen-
digerweise die handgreifliche Tat herleitet.«
Die Witwe sah den Dichter mit unendlicher Verachtung von oben bis unten an: »Siebzehn Jahre lang
kenne ich sie jetzt, neun Monate dazugerechnet, die

sie in diesem meinem Bauch war. Das Gedicht lügt nicht, Don Pablo. Ganz genauso, wie das Gedicht es beschreibt, ist mein Kind, wenn es nackt ist.«

»Mein Gott«, flehte der Dichter, nicht imstande, ein weiteres Wort herauszubringen.

»Ich bitte Sie inständig«, fuhr die Frau fort, »Sie, der ihn inspiriert und dem er vertraut. Befehlen Sie diesem Briefträger und Versedieb Mario Jiménez, daß er sich jetzt und für alle Zukunft aus dem Kopf schlagen soll, meine Tochter wiederzusehen. Und sagen Sie ihm auch, falls er das nicht tut, werde ich ihm selbst *höchstpersönlich* die Augen auskratzen. Dann ergeht es ihm wie diesem anderen Briefträgerchen, diesem vorwitzigen Michail Strogow.«

Als die Witwe endlich abgerauscht war, hingen irgendwie immer noch Partikelchen von ihr flimmernd in der Luft. Der Dichter sagte: »Auf Wiedersehen«, setzte seine Jockeymütze auf und klopfte an den Vorhang, hinter dem sich der Briefträger verbarg.

»Mario Jiménez«, sagte er, ohne ihn anzusehen, »du bist bleich wie ein Mehlsack.«

Der Junge folgte Neruda auf die Terrasse, wo der Dichter mit tiefen Zügen den Seewind in seine Lungen sog. »Don Pablo, wenn ich äußerlich bleich aussehe, bin ich von innen totenblaß.«

»Nicht die Adjektive sind es, die dich vor den glühenden Eisen der Witwe González bewahren. Ich sehe dich schon Briefe austragen mit einem weißen Stock in der Hand, einem schwarzen Hund an der Seite und mit Augenhöhlen so leer wie die Büchse eines Bettlers.«

»Wenn ich sie nicht mehr sehen kann, wofür brauche ich dann noch meine Augen?«

»Verehrtester, so verzweifelt du auch sein magst, in diesem Haus darfst du dir Gedichte ausdenken, aber mir keine Märchen auftischen. Vielleicht macht diese Señora González ihre Drohung nicht wahr, aber wenn sie sie in die Tat umsetzt, dann kannst du dir mit vollem Recht die Redensart zu eigen machen, dein Leben sei so schwarz wie deine Seele.«

»Wenn sie mir etwas antut, geht sie ins Gefängnis.«

Der Dichter vollführte hinter dem Rücken des Jungen theatralisch eine halbkreisförmige Bewegung wie Jago, als er Othello die Löffel langzog. »Ja, für ein paar Stunden, und dann ist sie wieder auf freiem Fuß. Sie wird behaupten, in Notwehr gehandelt zu haben. Zu ihrer Entlastung wird sie anführen, du hättest die Jungfräulichkeit ihrer Anbefohlenen mit blanker Waffe attackiert, und das ist eine Metapher, mein Junge, singend wie ein Schwert, scharf wie ein Fangzahn und zum Reißen gespannt wie ein Hymen. Der brodelnde Saft der Poesie wird ja wohl seine Spuren auf den Knospen der Braut hinterlassen haben. Für sehr viel weniger als das haben sie François Villon an einem Baum aufgehängt, daß ihm das Blut wie rote Rosenblätter aus seinem Hals quoll.«

Mario fühlte, wie seine Augen feucht wurden, und auch seine Worte kamen wäßrig aus ihm heraus.

»Und wenn die Frau mir jeden Knochen einzeln aus dem Leib schneidet, mir ist es egal.«

»Schade, daß wir kein Gitarrentrio hier haben, das dich mit einem kräftigen Tra-ra-ra-ra begleiten könnte.«

»Mich quält«, fuhr der Briefträger selbstvergessen fort, »sie nicht mehr sehen zu können. Ihre kirschroten Lippen und ihre Augen voll ausdauernder Trauer, als hätte die Nacht selbst sie geschaffen. Nie mehr den lauen Geruch zu atmen, der ihr entströmt.«

»Mehr heiß als lau, wenn man der Alten glauben darf.«

»Was hat ihre Mutter nur gegen mich? Wo ich Beatriz doch heiraten will!«

»Doña Rosa sagt, außer dem Schwarzen unter deinen Nägeln hättest du keine weiteren Ersparnisse.«

»Aber ich bin jung und gesund. Meine Lungen sind kräftiger als ein Akkordeon.«

»Aber du gebrauchst sie nur, um hinter Beatriz González herzuseufzen. Du hörst dich schon so asthmatisch an wie das Nebelhorn eines Geisterschiffs.«

»Ha! Mit meinen Lungen könnte ich einen Segelschoner bis nach Australien blasen.«

»Wenn du weiter so der Señorita Gonzáles nachtrauerst, mein Junge, wirst du in einem Monat nicht einmal mehr die Lichtlein auf deinem Geburtstagskuchen ausblasen können.«

»Na gut, und was soll ich dann tun?« schrie Mario.

»Zuerst einmal sollst du mich nicht so anschreien, ich bin ja nicht taub!«

»Entschuldigung, Don Pablo.«

Neruda nahm Mario beim Arm und zeichnete ihm seinen weiteren Weg vor: »Zweitens gehst du jetzt nach Hause und hältst erst einmal eine Siesta. Deine Augen sind ja größer als Suppenteller.«

»Seit einer Woche hab’ ich sie nicht mehr zugetan. Die Fischer rufen schon ›Uhu‹ hinter mir her.«

»Ja, und in einer weiteren Woche wird man dir dieses hölzerne Hemd verpassen, das auch zärtlich Sarg genannt wird. Nein, Mario Jiménez, unsere Unterhaltung hat ihren Zielbahnhof noch lange nicht erreicht. Auf Wiedersehen.«

Sie beide waren am Gartentor angekommen, und mit einer eindeutigen Bewegung stieß Neruda es auf. Als Mario sich mit sanftem Druck auf die Straße geschoben fühlte, versteinerte er bis an die Haarwurzeln. »Mein Freund und Dichter«, sagte er entschlossen, »Sie haben mich in diese Geschichte hineingelotst, und Sie werden mich da auch wieder herausholen. Sie haben mir Ihre Bücher geschenkt und mir beigebracht, meine Zunge zu etwas mehr zu gebrauchen, als nur Briefmarken zu lecken. Sie sind schuld, daß ich mich verliebt habe.«

»Nein, mein Herr! Dir ein paar Bücher geschenkt zu haben ist eine Sache; aber eine andere ist, daß du dir erlaubt hast, geistigen Diebstahl an ihnen zu begehen. Außerdem hast du ihr das Gedicht geschenkt, das ich für Matilde geschrieben habe.«

»Die Poesie gehört nicht dem, der sie schreibt, sondern dem, der sie benutzt.«

»Ich bin sehr erfreut über diese zutiefst demokratischen Worte, aber wir wollen die Demokratie doch nicht so weit treiben, in der Familie abstimmen zu lassen, wer der Vater ist.«

In einer Anwandlung heftiger Gemütsbewegung riß der Briefträger seine Posttasche auf und förderte eine Flasche Wein der vom Dichter bevorzugten Marke zutage. Da konnte Neruda nicht anders, als seinem Lächeln einen fast mitleidigen Ausdruck von Zärtlichkeit folgen zu lassen, und sie gingen in sein Zimmer zurück. Der Dichter nahm den Telefonhörer ab und drehte die Scheibe.

»Señora Witwe Rosa González? Hier spricht noch einmal Pablo Neruda.«

Obwohl Mario die Antwort aus dem Hörer herauszuhören versuchte, drang diese nur bis an das gemarterte Trommelfell des Dichters: »Und wenn er Jesus wäre mit seinen zwölf Aposteln... Der Briefträger Mario Jiménez kommt mir nicht mehr über die Schwelle!«

Neruda zupfte sich am Ohrläppchen und ließ seinen Blick gen Himmel schweifen.

»Don Pablo, was ist mit Ihnen?«

»Nichts, Mann. Überhaupt nichts. Ich weiß jetzt nur, wie sich ein Boxer fühlt, der in der ersten Runde k. o. geschlagen wird.«

IN DER NACHT des 4. September ging eine schwindel-erregende Nachricht um die Welt: Salvador Allende hatte die Wahlen in Chile gewonnen und war damit der erste demokratisch gewählte Marxist an der Spitze einer Regierung.

Schon wenige Minuten nach dieser Nachricht war Doña Rosas Strandbar von Fischern, Frühjahrstouristen, Schülern, die am nächsten Tag die Schule schwänzen durften, und Pablo Neruda überlaufen, der als überlegener Stratege sein Heim verlassen hatte und damit den zahllosen Ferngesprächen mit internationalen Nachrichtenagenturen aus dem Weg gegangen war, die alle ein Interview mit ihm wollten. Die Erwartung besserer Zeiten ließ die Gäste ihr Geld mit leichten Händen ausgeben, und Doña Rosa blieb nichts anderes übrig, als Beatriz aus ihrem Gefängnis zu entlassen, damit sie ihr bei dem festlichen Ereignis zur Hand gehen konnte.

Mario Jiménez hielt sich leichtsinnig in unmittelbarer Nähe auf. Als der Telegrafist aus seinem klapprigen vierziger Ford kletterte und in den Festtrubel eintauchte, bat ihn der Briefträger um die Überbringung einer Botschaft, die dank der politischen Hochstimmung seines Chefs wohlwollend angenommen wurde. Es handelte sich um einen winzigen Akt der Kuppelei, der darin bestand, Beatriz in einem günstigen Augenblick zuzuflüstern, daß Mario in einem nahe gelegenen Geräteschuppen auf sie warte.

Der entscheidende Moment für diese Nachricht kam, als der Abgeordnete Labbé – angetan mit einem dreiteiligen Anzug, der so weiß war wie sein lächelndes Gesicht – überraschend das Lokal betrat und sich durch die Witzeleien der Fischer hindurch, die ihm Anzüglichkeiten zuzischelten, bis an den Tisch vorarbeitete, an dem Neruda seine Gläschen leerte. Mit etwas übertriebener Gestik sagte er zu ihm: »Don Pablo, so sind nun mal die Regeln der Demokratie. Man muß auch verlieren können. Die Besiegten gratulieren den Siegern.«

»Na, dann Prost, Abgeordneter«, entgegnete Neruda, bot ihm einen Wein an und hob sein eigenes Glas, um mit Labbé anzustoßen.

Die Anwesenden applaudierten; die Fischer riefen »Viva Allende« und »Viva Neruda«, und der Telegrafist übermittelte Marios Nachricht so geschickt unauffällig, daß er das empfängliche Ohrläppchen des Mädchens beinahe mit seinen Lippen gesalbt hätte. Sie entledigte sich sofort des Weinkrugs und ihrer Schürze, nahm ein Ei von der Theke und machte sich barfuß im Licht der Sternennacht auf den Weg zum Treffpunkt.

Als Beatriz die Tür des Schuppens öffnete, sah sie zwischen den wirr herumhängenden Fischernetzen sogleich das vom gelben Licht einer Petroleumlampe beleuchtete Gesicht des Briefträgers, der auf einem Schusterschemel hockte. Mario seinerseits erkannte unter dem Schauer eines ihm geläufigen Gefühls sofort den Minirock und die enge Bluse, die Beatriz beim ersten Zusammentreffen am Fußballtisch getragen hatte. In eigenartigem Einklang mit seiner Erinnerung führte Beatriz das zerbrechliche Ei, nachdem sie die Tür mit dem Fuß zugestoßen hatte, an Marios Lippen. Dann nahm sie es an ihre Brüste, folgte mit tanzenden Fingern der pochenden Wölbung, ließ es danach über ihren harten Bauch gleiten, führte es an ihr Geschlecht, verbarg es im Dreieck zwischen ihren Schenkeln, wo es sich sogleich erwärmte, und sah Mario mit erhitztem Blick in die Augen. Dieser machte Anstalten, sich zu erheben, doch sie hielt ihn mit einer Bewegung zurück. Sie strich mit dem Ei über ihre kupferfarbene Stirn, führte es über ihre Nase hinunter an ihre Lippen, nahm es dann in den Mund und hielt es mit ihren Zähnen fest.

In diesem Augenblick wurde Mario bewußt, daß seine ihm monatelang treu gebliebene Erektion nur ein kleiner Hügel gewesen war verglichen mit dem Gebirgsmassiv, das sich jetzt zwischen seinen Schenkeln auftat: ein Vulkan, dessen gar nicht metaphorische Lava sein Blut entfesselte, seinen Blick trübte und seinen Speichel in eine Art dickflüssigen Samen verwandelte. Beatriz bedeutete ihm, sich niederzuknien. Obwohl der Boden aus ungehobelten Holzbohlen bestand, kam er Mario wie ein fürstlicher Teppich vor, als das Mädchen an seine Seite glitt.

Eine Bewegung ihrer Hände zeigte ihm, daß er seine eigenen wie eine Schale formen sollte. War es ihm auch immer unerträglich gewesen, gehorchen zu müssen, so lechzte er jetzt geradezu nach Versklavung. Das Mädchen bog ihren Oberkörper zurück, und das Ei eilte wie ein winziger Seilakrobat über den Stoff ihrer Bluse und ihres Minirocks, um plötzlich in Marios Handmulde zu landen. Er sah Beatriz ins Gesicht; ihre Zunge lag wie ein loderndes Feuer zwischen ihren Zähnen, ihre Augen waren von verhangener Entschlossenheit, und ihre Brauen zogen sich, sein Handeln erwartend, zusammen. Vorsichtig, als könnte ein Küken aus dem Ei schlüpfen, hob Mario das ungeborene Huhn, hielt es vor ihren Bauch, ließ das runde Ding mit dem Lächeln eines Taschenspielers über ihre Hinterbacken schlittern, führte es langsam an ihrer Pospalte entlang und balancierte es auf ihre rechte Hüfte, wobei Beatriz mit leicht geöffnetem Mund jeder seiner Bewegungen folgte. Als das Ei seine Umlaufbahn beendet hatte, hob der Junge es über die Wölbung ihres Bauches, neigte es über den Ansatz ihrer Brüste und ließ es, sich mit ihm in die Höhe streckend, in die Senke ihres Halses rollen. Beatriz klemmte es sanft unter ihr Kinn und lächelte ihn auffordernd an. Da beugte sich Mario über das Ei, nahm es zwischen seine Zähne und entfernte sich von Beatriz in der Erwartung, daß ihre Lippen das Ei aus seinem Mund befreien würden. Als er endlich ihren Mund über der Schale spürte, war ihm, als müsse er vor Wonne überlaufen. Das erste Stückchen ihrer Haut, das er benetzte, das er salbte, war das, was sie ihm in seinen Träumen als letzte Bastion nach langer Belagerung preisgegeben hatte, in Träumen, in denen er jede einzelne ihrer Poren, die zartesten Härchen ihrer Arme, die seidig fallenden Wimpern und die atemberaubende Wölbung ihres Halses geküßt hatte. Die Zeit der Ernte war gekommen, die Liebe war hart und schwer in seinen Knochen gereift, die Worte kehrten zu ihren Wurzeln zurück. Dieser Augenblick, sagte er sich, dieser, dieser Augenblick, dieser, dieser, dieser, dieser, dieser Augenblick, dieser, dieser, dieser Augenblick, jetzt. Er schloß die Augen, als sie mit ihrem Mund das Ei an sich nahm. In tiefer Finsternis umfaßte er sie von hinten, während in seinem Geist ein Schwarm Fische im Ozean explodierte. Gebadet im unermeßlichen Licht des Mondes und mit der Salbe seines Mundes auf ihrem Nacken, hatte er plötzlich die unumstößliche Gewißheit, die Unendlichkeit begreifen zu können. Er glitt an die andere Flanke seiner Geliebten und nahm wieder das Ei zwischen seine Zähne. Und jetzt, sie bewegten sich beide zum Rhythmus einer geheimen Musik, weitete sie den Ausschnitt ihrer Bluse, und Mario ließ das Ei zwischen ihre Brüste gleiten. Beatriz zog das beengende Kleidungsstück hoch, das Ei zerplatzte am Boden, als sie die Bluse über den Kopf zog und das Licht der Petroleumlampe gleichzeitig ihren nackten Oberkörper zu vergolden begann. Mario zog ihr den hinderlichen Minirock aus, und als die duftende Vegetation ihrer Spalte seine witternde Nase umschmeichelte, konnte er nicht mehr an sich halten und benetzte mit seiner Zungenspitze die zwei ihm bislang unbekannten Lippen der Geliebten. Genau in diesem Moment stieß Beatriz einen von Keuchen,

Schluchzen, kehligen Tönen, einen von Musik und Fieber genährten Schrei aus, der sich sekundenlang im Erzittern ihres ganzen Körpers fortsetzte, bis er langsam verging. Sie ließ sich auf den Holzboden gleiten, legte einen Finger auf die Lippen, die sie eben geleckt hatten, führte ihn an den groben Stoff von Marios Hose, betastete die Dicke seines Schwanzes und sagte mit brechender Stimme: »Du hast mich geschafft, du dummer Junge.«

Zwei Monate, nachdem – wie der Telegrafist sich ausdrückte – das erste Tor gefallen war, fand die Hochzeit statt. Dem mütterlichen Scharfblick der Witwe Rosa González war nicht verborgen geblieben, daß die Kämpfe, nach der fröhlichen Eröffnung der Meisterschaften, in regelmäßigen morgendlichen, mittäglichen und nächtlichen Begegnungen ausgetragen worden waren. Der Briefträger wurde dabei immer blasser, was nicht an seinem chronischen Schnupfen lag, von dem er auf offenbar wundersame Weise genesen war. Beatriz González hingegen – den Eintragungen des Briefträgers in sein Heft und zufälligen Augenzeugenberichten zu entnehmen – blühte auf, erstrahlte, leuchtete, erglänzte, schimmerte in goldenem Licht und schwebte über der Erde.

Eines Samstagabends, als Mario die Strandbar betrat, um endlich um die Hand des Mädchens anzuhalten, zutiefst davon überzeugt, die Witwe werde sein Liebesidyll mit der Ladung einer Schrotflinte in Stücke fetzen und ihm seine blühende Zunge wie auch die Einzelteile seines Hirns wegblasen, öffnete die in praktischer Lebensphilosophie geschulte Witwe Rosa González eine Flasche Champagner *Valdivieso demi-sec,* schenkte drei schaumüberlaufene Gläser voll und entsprach dem Antrag des Briefträgers, ohne eine Miene zu verziehen. Statt der gefürchteten Schrotladung schoß sie nur die Worte ab:»Passiert ist passiert. Geschehenes kann nun mal nicht rückgängig gemacht werden.«

Diese Weisheit fand ihren endgültigen Ausdruck in der Kirche, wo das nicht mehr rückgängig zu machende Geschehen abgesegnet werden sollte, als der auf Taktlosigkeit spezialisierte Telegrafist, auf Nerudas blauen Anzug aus englischem Garn starrend, herausplatzte:»Sie sind heute aber elegant, Herr Dichter.«

Neruda rückte sich den Knoten seiner italienischen Seidenkrawatte zurecht und sagte betont nachlässig:»Das hier ist meine Generalprobe. Allende hat mich gerade zum Botschafter in Paris ernannt.«

Die Witwe González überflog Nerudas Geografie von der Kahlheit seines Kopfes bis zum festlichen Glanz seiner Schuhe und sagte:»Ist der Vogel satt, fliegt er auf und davon.«

Als die feierliche Gesellschaft durch den Mittelgang

auf den Altar zuschritt, hatte Neruda eine Eingebung, die er Mario anvertraute. »Ich fürchte stark,
mein Junge, die Witwe González will den Krieg der
Metaphern mit einer Kanonade von Redensarten be-
kämpfen.«

Das Hochzeitsfest war aus zwei Gründen nur sehr
kurz: Auf den erlauchten Trauzeugen wartete ein
Taxi vor der Tür, das ihn zum Flughafen bringen
sollte, und die jungen Brautleute hatten ziemliche
Eile, nach Monaten der Heimlichkeit nun legal zu
debütieren. Marios Vater schaffte es jedoch noch,
den *Walzer für Jasmin* von Tito Fernández, dem
Temucaner, auf den Plattenteller zu bugsieren, und
drückte sich eine einzige große harte Träne aus dem
Auge. Er dachte an seine verstorbene Frau, die »vom
Himmel herab auf diesen glücklichen Tag von Marito
blickt«, und zog dann Doña Rosa auf die Tanzfläche,
die sich für die Zeit jeder geschichtsträchtigen Bemerkung enthielt, solange sie sich in den Armen dieses
»armen, aber ehrenhaften« Mannes drehte.

Die Bemühungen des Briefträgers, die darauf ausge-
richtet waren, Neruda noch einmal *Wait a minute,
Mr. Postman* von den Beatles tanzen zu lassen, schei-
terten. Der Dichter sah sich bereits in offizieller
Mission und gestattete sich keine Ausrutscher mehr,
durch die die oppositionelle Presse hätte auf den Plan
gerufen werden können, die nach drei Monaten der
Regierung Allende schon von einem erdrutschartigen
Scheitern sprach.

Der Telegrafist gab Mario nicht nur die nächste

Woche als Sonderurlaub, sondern befreite ihn auch von der Teilnahme an den politischen Versammlungen, auf denen die Basisinitiativen der Volksregierung organisiert wurden. »Man kann nicht gleichzeitig den Vogel im Käfig und den Kopf im Vaterland haben«, proklamierte er mit ungewöhnlichem Metaphernreichtum.

Die Szenen, die sich in den folgenden Monaten in Beatriz' Bett abspielten, gaben Mario das Gefühl, alles bisher im Leben Genossene sei nur ein fades Vorspiel vor dem Film gewesen, den er jetzt auf offizieller Leinwand in Cinemascope und Technicolor sah. Die Haut des Mädchens erschöpfte sich nie, und jedes Fleckchen, jede Pore, jedes Fältchen, jedes Härchen, ja, jede Locke ihres Venushügels offenbarten immer wieder einen neuen Geschmack.

Nach dem vierten Monat dieser Wonneübungen platzte eines Morgens die Witwe González, nachdem sie diskret den letzten Jubeltriller ihrer Tochter abgewartet hatte, in das eheliche Schlafzimmer und ließ mit einem kräftigen Ruck am Bettlaken die erotisch aufgeladenen Leiber der beiden zu Boden purzeln. Sie sprach nur einen Satz, den Mario – mit den Händen bedeckend, was ihm zwischen den Beinen hing – mit Schrecken vernahm: »Als ich der Heirat mit meiner Tochter zustimmte, nahm ich an, ein Schwiegersohn käme in die Familie und nicht ein Zuhälter.«

Der junge Jiménez sah die Witwe González mit einem denkwürdigen Türenknall aus dem Zimmer rauschen. Als er mit etwas gekränktem Gesicht den solidarischen Blick von Beatriz suchte, fand er nicht die erhoffte Antwort, sondern einen ernsten Ausdruck in ihrem Gesicht.

»Ja, Mama hat recht«, sagte sie in einem Ton, der den Jungen zum erstenmal spüren ließ, daß in ihren Adern das Blut der Witwe floß.

»Was soll ich denn tun?« schrie er so laut, daß man ihn in der ganzen Bucht hören konnte. »Wenn der Dichter in Paris ist, gibt's doch für keinen Arsch mehr Briefe auszutragen!«

»Dann such dir eine Arbeit!« bellte ihn seine zarte Frau an.

»Ich habe nicht geheiratet, damit man mir dieselbe Scheiße erzählt, die mir mein Vater schon erzählt hat!«

Zum zweitenmal wurde die Tür von einem Schlag heimgesucht, der die Plattenhülle der Beatles, die der Dichter ihm geschenkt hatte, von der Wand fallen ließ. Außer sich holte Mario sein Fahrrad und radelte nach San Antonio, wo er im Kino eine Komödie mit Rock Hudson und Doris Day verschlang und die nächsten Stunden an der Erfrischungsbude auf der Plaza verbummelte, wo er den Schulmädchen auf die Beine starrte und dabei Bier trank.

Er suchte den verständnisvollen Rat des Telegrafisten, aber der lag seinen Bediensteten gerade mit einer kleinen Ansprache in den Ohren, in der es darum ging, wie die Produktionsschlacht zu gewinnen sei. Nach zweimaligem Gähnen machte Mario kehrt und fuhr zur Bucht zurück. Aber anstatt zur Bar am Strand ging er zum Haus seines Vaters.

Don José stellte eine Flasche Wein auf den Tisch und sagte: »Erzähl.«

Die beiden Männer schütteten ihre Gläser hinunter, und schon war der Vater mit seiner Diagnose zur Hand: »Du wirst dir eine Arbeit suchen müssen, mein Junge.«

Obwohl Marios Wille vor einer so heldenhaften Unternehmung auch kapitulieren wollte... der Berg kam zu Mohammed. Die Regierung der Unidad Popular machte sich in der kleinen Bucht dadurch bemerkbar, daß das Ministerium für Fremdenverkehr einen Urlaubsplan für die Arbeiter einer Textilfabrik in Santiago ausgearbeitet hatte. Und eines Tages kam ein gewisser Genosse Rodríguez, Geologe und Geograf, ein Mann mit glühenden Augen und glühender Zunge, in die Strandbar und machte der Witwe González einen Vorschlag. Wolle sie nicht auf der Höhe der Zeit bleiben, sprach er, und ihre Bar zu einem Restaurant erweitern, das für zwanzig Familien, die den Sommer in einem Zeltlager am Strand verbringen würden, Frühstück und Abendessen zubereiten könne? Die Witwe blieb nur fünf Minuten lang unzugänglich. Als der Genosse Rodríguez ihr die Gewinnspannen in Aussicht stellte, die das neue Geschäft mit sich bringen würde, sah sie ihren Schwiegersohn entwaffnend an und sagte: »Würdest du dich dann um die Küche kümmern, Marito?«

Mario Jiménez hatte in diesem Moment das Gefühl,

um zehn Jahre zu altern. Seine kleine Beatriz stand ihm gegenüber und ermutigte ihn mit einem beglückten Lächeln.

»Ja«, sagte er und griff zu seinem Weinglas, das er mit der gleichen Begeisterung leerte wie Sokrates einst seinen Schierlingsbecher.

Zu den Metaphern des Dichters, die Mario weiterhin las und auswendig lernte, gesellten sich jetzt ein paar Nahrungsmittel, die der sinnenfrohe Poet ebenfalls in seinen Oden besungen hatte: Zwiebel (rundliche Rose von Wasser), Artischocke (gekleidet als Krieger und glänzend wie eine Granate), Meeraal (Aalgigant mit schneeigem Fleisch), Knoblauch (edles Elfenbein), Tomate (rote Innereien, frische Sonnen), Öl (Postament des Rebhuhns, Himmelsschlüssel der Mayonnaise), Kartoffel (Mehl der Nacht), Thunfisch (dunkle Kugeln des tiefen Ozeans, trauerdüsterer Pfeil), Kirsche (kleine Kelche von goldenem Bernstein), Apfel (voll und rein getönte Wangen du der Morgenröte), Salz (Kristall des Meeres, Vergessen der Wellen) und Orangen für die *Fröhliche Chirimoya,* die als Nachtisch, zusammen mit *Lolita am Strand* von den *Minimás,* der Hit der Saison werden würde.

Bald darauf kamen junge Arbeiter und stellten Holzmasten auf, die von den Häusern bis zur Straße gingen. Wenn man dem Genossen Rodríguez glauben durfte, würden die Fischer noch vor Ablauf von drei Wochen Elektrizität in ihren Häusern haben.

»Allende hält, was er verspricht«, sagte er und zwirbelte die Enden seines Schnurrbarts.

Doch der Fortschritt im Dorf brachte auch seine ganz eigenen Probleme mit sich. Eines Tages, als Mario gerade einen chilenischen Salat zubereitete, wobei er das Messer wie ein Tänzer in einer Ode von Neruda auf eine Tomate niedertanzen ließ (»welch ein Unglück, wir müssen sie töten: es senkt sich das Messer in ihr lebendiges Fruchtfleisch«), sah er, wie der Genosse Rodríguez seine Augen an den Hintern von Beatriz heftete, die eben an die Bar zurückging, nachdem sie ihm Wein gebracht hatte. Eine Minute später, als sie ihre Lippen zu einem Lächeln öffnete, da der Gast gerade »diesen chilenischen Salat« bestellte, sprang Mario mit gezücktem Messer über den Tresen, hob es mit beiden Händen hoch über den Kopf, wie er es in den japanischen Western gesehen hatte, stellte sich neben Rodríguez und ließ es so wuchtig senkrecht niedersausen, daß es vier Zentimeter tief in die Tischplatte drang, in der es zitternd steckenblieb. Der an geometrische Präzision und geologische Messungen gewöhnte Genosse Rodríguez zweifelte keine Sekunde daran, daß der dichtende Küchenmeister diese Nummer als Parabel abgezogen hatte. Wenn dieses Messer so in das Fleisch eines Christenmenschen eindränge, überlegte er nachdenklich, würde seine Leber zu Gulasch. Feierlich verlangte er die Rechnung und versagte sich auf unbestimmte und unendliche Zeit, das Restaurant wieder zu betreten. Mario seinerseits, bestens unterrichtet im Zitatenschatz von Doña Rosa, die immer zwei Fliegen mit einer Klappe zu schlagen versuchte, bedeutete Beatriz, sich das furchtbare Messer gut anzusehen, das noch immer in dem edlen Rotbuchenholz vibrierte, obwohl der Vorfall schon eine Minute zurücklag.

»Kapiert«, sagte sie.

Die Einkünfte aus den erweiterten Dienstleistungen erlaubten Doña Rosa ein paar Investitionen, die wie Köder dem Fang neuer Kunden dienten. Die erste war ein in unbequemen Monatsraten abzustotternder Fernsehapparat, der ein bisher ungenutztes Kundenpotential in die Bar lockte: die Frauen der am Strand kampierenden Arbeiter, die ihre Männer nach dem üppigen und mit einem zu Kopf steigenden Rotwein aufgelockerten Frühstück zu einer schläfrigen Siesta in die Zelte entließen, um danach, endlos Pfefferminz- und Zitronenwässerchen oder Boldo-Teechen schlürfend, gierig die flimmernden Bilder der mexikanischen Serie *Simplemente Maria* zu verschlingen. Wenn dann nach jeder Folge im Kulturprogramm ein erleuchteter marxistischer Funktionär auf dem Bildschirm erschien und gegen den Kulturimperialismus und die reaktionären Inhalte wetterte, die »unserem Volke« durch die Serienmelodramen eingetrichtert würden, schalteten die Señoras den Fernseher ab und widmeten sich ihrem Strickzeug oder einer Partie Domino.

Obwohl Mario überzeugt war, seine Schwiegermutter sei eine große Knauserin – »man könnte meinen, Sie hätten Piranhas in Ihrer Brieftasche, Señora« –, hatte er nach einem Jahr Möhrenschaben, Zwiebel-

91

tränenvergießen und Makrelenhäuten doch genug Geld zusammengespart, um von der Verwirklichung eines alten Traums träumen zu können: ein Flugtikket zu kaufen und Neruda in Paris zu besuchen.

BEI EINEM BESUCH im Pfarrhaus trug der Telegrafist dem Priester, der das junge Paar getraut hatte, seine Wünsche vor. Nach einigem Stöbern zwischen den im Keller verstauten Requisiten des letzten Kreuzwegs von San Antonio, der noch von Aníbal Reina senior in Szene gesetzt worden war, den man überall nur als »Schmieren-Reina« gekannt und der just diesen Spitznamen seinem talentierten und sozialistischen Sohn vermacht hatte, fanden sie ein paar aus Gänse-, Enten- und Hühnerfedern und anderem Geschwinge zusammengeflochtene Flügel, die, von einem Bindfaden bewegt, engelsgleich hin und her flatterten. Mit der Geduld eines Kunstschmiedemeisters montierte der Priester dem Postbeamten ein Gestell auf den Rücken, setzte ihm seinen Mützenschirm aus grüner Plastik, die so ähnlich auch die Gangster in den Spielhöllen tragen, auf die Stirn und brachte ihm seine quer über den Bauch laufende goldene Uhrkette mit »Brasso«-Wachs auf Hochglanz.

Gegen Mittag kam der Telegrafist vom Meer her auf

das Restaurant zu und verursachte Maulsperren bei den Badegästen, die gerade den dicksten und ältesten Engel der gesamten Heiligengeschichte über den brennenden Sand gleiten sahen. Mario, Beatriz und Rosa, damit beschäftigt, ein Gericht zu ersinnen, mit dem man dem auftauchenden Problem der Lebensmittelverknappung ausweichen könnte, glaubten, Opfer einer Wahnvorstellung zu sein. Als der Telegrafist dann aber schon von weitem rief: »Post von Pablo Neruda für Mario Jiménez!« und in einer Hand ein Paket hochhielt, das zwar nicht so viele Marken wie ein chilenischer Paß, dafür aber mehr Schnüre als ein Pfingstbaum hatte, und in der anderen Hand ein weißes Briefchen schwenkte, glitt der Briefträger über den Sand und riß Cosme Paket und Brief aus den Händen. Völlig außer sich, legte er beides auf den Tisch der Strandbar und starrte es an, als handle es sich um zwei seltene Hieroglyphenrollen. Die aus ihrer vorübergehenden Starre wiedererwachte Witwe fuhr den Telegrafisten britisch unterkühlt an: »Guten Wind gehabt?«

»Guten Wind ja, aber viele Vögel in Gegenrichtung.« Mario hielt sich die Schläfen und blinzelte von einem Gegenstand zum anderen. »Was soll ich zuerst öffnen? Den Brief oder das Päckchen?«

»Das Päckchen, mein Junge«, entschied Doña Rosa, »der Brief enthält nur Worte.«

»Nein, Señora, erst den Brief.«

»Das Päckchen«, sagte die Witwe und machte Anstalten, es an sich zu nehmen.

Der Telegrafist fächelte sich mit einem Flügel Küh-
lung zu und hob mahnend einen Finger vor die Nase
der Witwe. »Seien Sie nicht so materialistisch,
Schwiegermutter.«

Die Frau stützte sich auf die Rückenlehne eines
Stuhls. »Ach, Sie Neunmalkluger. Lassen Sie mal
hören. Was ist denn ein Materialist?«

»Ein Materialist ist jemand, der, wenn er zwischen
einer Rose und einem Hähnchen wählen soll, immer
das Hähnchen wählt«, stotterte der Telegrafist.

Mario stand auf, räusperte sich und sagte: »Meine
Damen und Herren, ich werde zuerst den Brief
öffnen.«

Da er sich schon vorgenommen hatte, diesen
Umschlag, der seinen mit der grünen Tinte des Dichters kräftig aufgemalten Namenszug trug, seiner Tro-
phäensammlung an der Schlafzimmerwand einzuver-
leiben, riß er ihn geduldig und behutsam wie eine
Ameise auf. Mit zitternden Händen hielt er sich das
Schreiben vor die Augen und buchstabierte es
bedächtig, damit ihm auch nicht das kleinste Komma
entginge.

»Lie-ber Ma-rio Ji-mé-nez mit den ge-flü-gel-ten
Fü-ßen.«

Mit einer einzigen schnellen Bewegung riß ihm die
Witwe das Papier aus den Händen und raste ohne
Pause noch Betonung über die Worte:

»Lieber Mario Jiménez mit den geflügelten Füßen,
liebe Beatriz González-Jiménez, Funke und Feuers-
brunst von Isla Negra, hochgeachtete Señora Witwe

Rosa González, lieber zukünftiger Stammhalter Pablo Neftalí Jiménez González, Delphin von Isla Negra, meisterlicher Schwimmer im warmen Fruchtwasser deiner Mutter und, wenn du ins Licht der Sonne trittst, König der Felsen und der Papierdrachen und Meister im Möwenjagen, Ihr herzlich geliebten vier alle zusammen!

Ich habe nicht früher geschrieben, wie ich es eigentlich versprochen hatte, weil ich Euch etwas mehr als nur ein Ansichtskärtchen mit den Tänzerinnen von Degas schicken wollte. Ich weiß, daß dies der erste Brief ist, Mario, den Du in Deinem Leben erhältst, und deshalb sollte er wenigstens in einem Umschlag stecken, denn nur eine Karte hätte nicht gezählt. Ich muß lachen bei der Vorstellung, daß Du Dir diesen Brief selbst zustellen mußtest. Erzähl mir bald, was in Isla Negra alles passiert und was Du jetzt machst, da meine ganze Post nach Paris geht. Hoffentlich hat man Dich wegen Abwesenheit des Dichters nicht aus dem Postdienst entlassen! Oder hat Präsident Allende Dir vielleicht schon ein Ministerium angeboten?

Botschafter in Frankreich zu sein ist ganz neu für mich und bereitet mir einiges Unbehagen. Aber es ist auch eine große Herausforderung. Wir haben in Chile eine bewunderte und vieldiskutierte Revolution auf unsere Art gemacht. Der Name Chile hat einen außergewöhnlichen Klang bekommen und ist in aller Munde. – Hm!«

»Das ›hm‹ ist von mir«, sagte die Witwe aufblickend und vertiefte sich dann erneut in den Brief.

»Matilde und ich haben ein Schlafzimmer so groß,
daß ein Reiter mit seinem Pferd darin Platz hätte.
Aber ich fühle mich so weit, so weit entfernt von den
blaugeflügelten Tagen meines Hauses in Isla Negra.
Es umarmt und vermißt Euch Euer Nachbar und
Ehestifter, Pablo Neruda.«

»Öffnen wir das Paket«, sagte Doña Rosa und durch-
trennte mit dem schicksalsschweren Küchenmesser
die Schnüre, die es zusammenhielten.

Mario nahm den Brief, ging aufmerksam die letzten
Zeilen durch und untersuchte danach die Rückseite.
»War das alles?«

»Was, mein lieber Schwiegersohn, hast du denn noch
erwartet?«

»Diese Sache mit dem PS, das man unter einen Brief
schreibt.«

»Nein, mit PS war da nichts.«

»Seltsam, daß er so kurz war. So von weitem sieht er
viel länger aus.«

»Das kommt daher, daß die Mama ihn sehr schnell
gelesen hat«, sagte Beatriz.

»Langsam oder schnell«, sagte Doña Rosa und hatte
das Päckchen schon beinahe offen, »die Worte sind
dieselben. Die Schnelligkeit hat nichts mit dem Inhalt
zu tun.«

Aber Beatriz hörte diesen Lehrsatz nicht. Sie sah
Mario an, der mit abwesender Miene dastand und
sich offenbar vorgenommen hatte, auf ewig ratlos zu
bleiben. »Was grübelst du denn?«

»Darüber, daß irgend etwas fehlt. Als wir in der

Schule Briefeschreiben durchgenommen haben, habe ich gelernt, daß man ans Ende immer ein PS setzt und dann noch etwas dazuschreibt, was im Brief nicht gesagt worden ist. Ich bin sicher, daß Don Pablo etwas vergessen hat.«

Doña Rosa wühlte in der überquellenden Holzwolle, bis sie schließlich mit der Behutsamkeit einer Hebamme einen japanischen *Sony*-Kassettenrekorder mit eingebautem Mikrofon heraushob. »Das muß den Dichter aber einiges gekostet haben«, sagte sie ehrfürchtig.

Sie wollte gerade ein mit grüner Tinte beschriebenes und mit einem Gummiband am Apparat befestigtes Kärtchen vorlesen, als Mario es ihr schon aus der Hand riß. »O nein, Señora, Sie lesen mir zu schnell.«

Er hielt die Karte einige Zentimeter von sich, als lege er sie auf einen imaginären Notenständer, und begann in seiner buchstabierenden Art zu lesen: »Lie-ber Ma-rio Dop-pel-punkt drük-ke die mitt-le-re Ta-ste.«

»Du brauchst für das Kärtchen länger als ich für den ganzen Brief«, sagte die Witwe und gähnte gelangweilt.

»Ja, weil Sie die Worte nicht lesen, sondern verschlingen, Señora. Worte muß man im Mund abschmekken. Man muß sie auf der Zunge zergehen lassen.«

Er schraubte seinen Finger spiralförmig in die Höhe und stieß ihn dann auf die mittlere Taste hinab.

Obwohl Nerudas Stimme dank der japanischen

Technik naturgetreu wiedergegeben wurde, erfaßte der Briefträger die elektronische Fortschrittlichkeit der Söhne Nippons in ihrer Gesamtheit erst einige Tage später, denn das erste Wort des Dichters hatte wie ein betäubendes Elixier auf ihn gewirkt: »Postskriptum.«

»Wie stellt man das ab!« schrie Mario.

Beatriz drückte ihren Finger auf die rote Taste.

»Postskriptum!« tanzte der Junge und drückte einen Kuß auf die Wange seiner Schwiegermutter. »Ich hatte recht. PS, Postskriptum! Ich hab' Ihnen ja gesagt, es gibt keinen Brief ohne Postskriptum. Der Dichter hat mich nicht vergessen. Ich wußte doch, daß der erste Brief meines Lebens ein Postskriptum haben müßte. Jetzt stimmt alles, Schwiegermütterchen. Brief und Postskriptum.«

»Na gut«, antwortete die Witwe, »Brief und Postskriptum. Und deswegen heulst du?«

»Ich?«

»Ja.«

»Beatriz?«

»Nein, du heulst.«

»Aber wie kann ich heulen, wenn ich gar nicht traurig bin und mir nichts weh tut?«

»Du siehst jedenfalls aus wie eine Betschwester beim Ablegen ihres Gelübdes«, grunzte Doña Rosa. »Trockne dir das Gesicht ab und drück den mittleren Knopf noch einmal.«

»Gut, aber von Anfang an.«

Er ließ das Band zurücklaufen, drückte die Taste,

und da war er wieder, der kleine Kasten mit dem Dichter darin. Ein wohltönender und tragbarer Neruda. Der Junge richtete seinen Blick aufs Meer und hatte dabei das Gefühl, daß die Landschaft sich in diesem Moment vervollkommne, daß ihm monatelang etwas gefehlt habe, daß er jetzt erst wieder richtig durchatmen könne, daß die Widmung »meinem geliebten Freund und Genossen Mario Jiménez« aufrichtig gewesen war. »Postskriptum«, vernahm er erneut entzückt.

»Still!« sagte die Witwe.

»Ich habe ja gar nichts gesagt.«

»Ich wollte dir etwas mehr als nur Worte schicken. Also habe ich meine Stimme in diesen singenden Käfig gesteckt. Ein Käfig, wie ein Vogel. Ich schenke ihn dir. Aber ich möchte dich auch um etwas bitten, Mario, das nur du mir erfüllen kannst. Alle meine anderen Freunde wüßten nicht, was sie tun sollten, oder würden mich gar für einen versponnenen kindischen Alten halten. Ich möchte, daß du mit diesem Rekorder durch Isla Negra gehst und alle Geräusche und Klänge aufnimmst, die dir begegnen. Ich sehne mich verzweifelt nach meinem Haus, und sei es nur der Klang meines Hauses. Gesundheitlich geht es mir nicht besonders gut. Mir fehlt das Meer. Mir fehlen die Vögel. Schick mir die Geräusche meines Hauses. Geh in den Garten und laß die Glocken erklingen. Nimm zuerst das feine Klingeln der kleinen Glöckchen auf, wenn der Wind in ihnen spielt, und dann zieh die große Glocke fünf-, sechsmal. Meine

Glocke, oh, meine Glocke! Nichts klingt so wie das Wort Glocke in einem Glockenturm am Meer. Und geh zu den Felsen und nimm mir das Rauschen der brechenden Wellen auf. Und wenn du die Möwen hörst, nimm sie auf. Und wenn du das Schweigen der Sterne am Himmel hörst, nimm es auf. Paris ist wundervoll, aber für mich ist es wie ein zu groß geratener Anzug. Außerdem ist hier Winter, und der Wind wirbelt den Schnee umher wie eine Mühle das Mehl. Der Schnee steigt höher und höher, klettert an mir hoch. Er macht aus mir einen traurigen König in weißer Tunika. Schon steht er mir bis zum Mund, bedeckt meine Lippen, läßt meine Worte nicht mehr heraus. Und damit du etwas von der französischen Musik kennenlernst, schicke ich dir eine Aufnahme aus dem Jahre 38, die ich im Quartier Latin in einem Schallplattenantiquariat aufgetrieben habe. Wie oft habe ich als Junge die Melodie gesungen! So gern hätte ich die Platte gehabt und konnte sie doch nicht haben. Sie heißt *J'attandrai,* Rina Ketty singt sie, und der Refrain lautet: ›Ich wart' auf dich Tag und Nacht, ich wart' immer auf dich, bis du zurückkehrst‹.«

Eine Klarinette spielte die ersten Takte, schwer, traumhaft, und ein Xylophon wiederholte sie leicht, etwas wehmütig. Und als Rina Kettys Stimme erklang, begleiteten sie der Baß und das Schlagzeug, dumpf und ruhig der eine, säuselnd und schleppend das andere. Mario wußte, daß seine Wangen wieder feucht geworden waren, und obwohl er das Lied nach den ersten Klängen schon in sein Herz geschlossen hatte, ging er still zum Strand hinunter, bis das Donnern der Brandung die Melodie übertönte.

Mit der Besessenheit eines Philatelisten nahm Mario die Bewegungen des Meeres auf.
Trotz Rosas Zorn ließ er sein Leben und seine Arbeit ganz in den Hintergrund treten und folgte dem Auf und Ab der Wellen, der zurückfließenden Flut, dem vom Wind aufgescheuchten springenden Wasser. Er ließ den *Sony* an einem Seil in die Felsspalten hinab, wo die Krebse ihre Scheren rieben und der Meertang das Gestein umarmte. Mit Don Josés Boot fuhr er mitten in die Brandung hinein und bekam – den Rekorder mit einem Plastikfetzen geschützt – eine fast stereophonische Aufnahme von den Dreimeterwellen, die sich wie berstendes Holz am Strand brachen. An anderen Tagen, wenn das Meer ruhig war, konnte er das harte Schnabelgeräusch der Möwe aufnehmen, die sich senkrecht auf die Sardine hinunterstürzte, und das kurze Aufklatschen der Flügel auf dem Wasser, wenn sie mit dem zuckenden Leib im unbarmherzigen Schnabel wieder abdrehte.
Einmal schlugen sogar ein paar grüblerische und anarchistische Pelikane ihre Flügel über die ganze Länge des Strandes, als ob sie gewußt hätten, daß am

nächsten Tag dort ein riesiger Schwarm von Sardinen stranden würde. Die Kinder der Fischer holten sie einfach mit ihren Eimerchen aus dem Meer, die sie sonst zum Bau von Sandburgen benutzten. Auf den glühenden Kohlen eilig zusammengebauter Grillroste brieten an diesem Abend solche Mengen Sardinen, daß die Katzen des Ortes endlich einmal voll auf ihre Kosten kamen und sich unter dem Licht des vollen Mondes erotisch angeregt die Bäuche schwellen ließen. Und Doña Rosa sah gegen zehn eine ganze Kompanie Fischer anrücken, die ausgedörrter als Legionäre in der Sahara zu sein schienen.

Nachdem sie drei Stunden lang Weinkrüge in Gläser geleert hatte, sagte die Witwe González, die auf die Hilfe Marios nicht mehr zählen konnte, da er tatsächlich versuchte, den Lauf der Sterne für Neruda aufzunehmen, zu Don José Jiménez einen Satz, der das Bild von den ausgedörrten Legionären noch genauer beschrieb: »Ihr seid heute ja trockener als Kamelmist in der Wüste.«

Während der japanische Wunderkasten lüsterne Bienen in dem Augenblick einfing, da sie ihre gerunzelten Rüssel in die weiten Kelche der Küstenmargariten tauchten und dort einen Sonnenorgasmus erlebten, während streunende Hunde die Meteoritenschauer anbellten, die wie ein Neujahrsfeuerwerk in den Pazifik stürzten, während Nerudas Terrassengeläut von Hand in Bewegung gesetzt oder vom launischen Wind melodisch gestreichelt wurde, während das sich ausdehnende und wieder zusammenziehende

Geheul der Leuchtturmsirene an die Kläglichkeit eines Geisterschiffs im Nebel auf hoher See erinnerte, während ein winziges Menschenherzlein im Bauch von Beatriz González zuerst von Marios Trommelfell und dann von der Kassette abgehört wurde, verschärfte sich durch die »Widersprüche des sozialen und politischen Prozesses«, wie der heftig an seinen Brusthaaren zwirbelnde Genosse Rodríguez zu sagen pflegte, der Alltag der wenigen Menschen, die in der Bucht zu Hause waren.

Zuerst ging das Rindfleisch aus, das der Hauptbestandteil der großen Eintöpfe gewesen war. Die Witwe González sah sich daraufhin gezwungen, ihre Gerichte mit Hilfe von aus umliegenden Gärten zusammengeklaubtem Gemüse zu improvisieren, das sie um die Knochen drapierte, an denen ein paar nostalgisch an Fleisch erinnernde Sehnen hingen. Eine Woche nach Beginn dieser strategischen Rationierung bildeten die Feriengäste einen Ausschuß und – obwohl sie von der festen Überzeugung geleitet wurden, daß Unterversorgung und Schwarzmarkt von einer konspirativen Reaktion herbeigeführt worden waren, deren Ziel es war, die Regierung zu stürzen – forderten die Witwe González in einer hitzigen Debatte auf, dieses Spülwasser mit Gemüse bitte nicht mehr als »kreolischen Fleischeintopf« auszugeben. Allerhöchstens, schränkte der Sprecher ein, würden sie den Fraß noch als »Minestrone« akzeptieren, aber in diesem Fall müsse die Señora Ex-González mindestens um einen Escudo mit dem Preis heruntergehen. Die Witwe schenkte all diesen durchaus plausiblen Argumenten nicht die gebührende Beachtung. Sie erinnerte an die Begeisterung, mit der das Proletariat Allende gewählt hatte, und wusch ihre Hände bezüglich des Problems der Unterversorgung mit einem Satz in Unschuld, der für ihr differenziertes Denken äußerst typisch war: »Jedes Schwein frißt die Kleie, die ihm schmeckt.«

Und anstatt die eingeschlagene Richtung zu korrigieren, schien sich die Witwe eher noch die radikale Parole einer gewissen Linksgruppierung zu eigen zu machen, die in fröhlicher Unverantwortlichkeit »Vorwärts ohne Kompromisse« proklamierte, und fuhr fort, Zitronenschalenwässerchen als Tee, heißes Wasser mit Eigelb als Fleischbrühe und Minestrone als Fleischeintopf zu verkaufen. Immer mehr Waren standen auf der Liste der fehlenden Produkte: Öl, Zucker, Reis, Waschmittel und sogar der berühmte Coquimbro-Schnaps, mit dem die bescheidenen Touristen sich ihre Zeltnächte verkürzten.

In dieses so verlassene Land kam der Abgeordnete Labbé mit seinem lärmenden Lieferwagen gefahren und rief die Bewohner der Bucht zusammen, seinen Worten zu lauschen. Das Haar à la Gardel an den Kopf geklatscht und wie General Perón lächelnd, sah er sich einer Zuhörerschaft gegenüber, deren aus den Fischerfrauen und Urlaubergattinnen bestehender Teil für seine Anschuldigungen nicht ganz unempfänglich war, mit denen er die Regierung der Unfähigkeit, die Produktion zum Stillstand gebracht und

den größten Versorgungsengpaß der Geschichte verschuldet zu haben, bezichtigte: Das arme Sowjetvolk
hätte im Weltkrieg nicht so großen Hunger gelitten
wie das heldenhafte Volk von Chile jetzt, die rachitischen Kinder Äthiopiens wären kernige Burschen
und kräftige Mädchen im Vergleich zu den unterernährten Söhnen und Töchtern des Landes, und es
gäbe nur eine Möglichkeit, Chile aus den blutigen
Krallen des Marxismus zu befreien: auf Pfannen und
Töpfe einzuschlagen und einen solchen Protestlärm
zu veranstalten, daß der »Tyrann«, wie er den Präsidenten Allende nannte, taub werde und – auch wenn
dies paradox sei – den Klagen des Volkes Gehör schenke und abdanke. Dann würde wieder Frei oder Alessandri oder sonst ein Demokrat, den man wolle, das
Land regieren, und es gäbe wieder Freiheit, Demokratie, Fleisch und Farbfernseher im Überfluß.
Gekrönt wurde Labbés Ansprache, die den Beifall
vereinzelter Frauen gefunden hatte, von einem Ausruf des Genossen Rodríguez, der, als er das Geschwätz des Abgeordneten Labbé vernahm, seine
Minestrone mit vorzeitig verdorbenem Magen im
Stich gelassen hatte: »Du Schleimscheißer!«
Und ohne Megaphon, nur auf seine proletarischen
Lungen vertrauend, fügte er diesem Kompliment
noch einige Informationen hinzu, über die die »sehr
verehrten Damen Genossinnen« gut nachdenken
sollten, wenn sie nicht von diesen Teufeln in Schlips
und Kragen hereingelegt werden wollten, die »die
Produktion sabotieren, Lebensmittel in ihren Kellern

hamstern und so eine künstliche Unterversorgung hervorrufen, Leute also, die sich von den Imperialisten kaufen lassen und Pläne zum Sturz unserer Volksregierung schmieden.«

Als auch diese Worte vom Beifall der Frauen umrankt wurden, zog er sich entschlossen die Hosen hoch und sah herausfordernd auf Labbé, der, gut bewandert in der Analyse objektiver Gegebenheiten, nur routiniert grinste und den verbliebenen Rest an Demokratie in Chile pries, der immerhin eine Diskussion von so hohem Niveau ermögliche.

In der nächsten Zeit wurden die Widersprüchlichkeiten des Prozesses, wie die Soziologen im Fernsehen sich ausdrückten, in der Bucht jedoch auf eher faktische denn rhetorische Weise spürbar. Die Fischer, die dank der Kredite der sozialistischen Regierung jetzt besser ausgerüstet waren und stark ermuntert durch ein beliebtes Lied der *Quilapayún* mit dem herrlichen Refrain: »Erzählt mir nicht, meine Schmetterlinge, es gäb' keine Heringe, denn die Heringe, die esse ich doch«, mit dem wiederum Wirtschaftswissenschaftler und Publizisten der Regierung zum Verbrauch einheimischer Fische aufforderten, um dadurch die Devisenausgaben für Fleisch zu bremsen, die Fischer also hatten ihre Ausbeute beträchtlich gesteigert, und der Kühlwagen, der die Fänge abholte, fuhr täglich mit gefülltem Bauch in die Hauptstadt.

Als das lebenswichtige Gefährt an einem Donnerstag im Oktober ausblieb und die Fische in der stärkenden

Frühlingssonne schmachteten, wurde den Fischern klar, daß die Drangsal des Landes, von der sie nur übers Radio oder über Doña Rosas Fernseher erfahren hatten, ihre arme, wenn auch idyllische Bucht nicht unberührt ließ. Am Abend desselben Tages erschien der Abgeordnete Labbé in seiner Eigenschaft als Mitglied der Lastwagenfahrergewerkschaft auf dem Bildschirm und verkündete, seine Organisation habe einen unbegrenzten Streik ausgerufen, um zwei Forderungen erfüllt zu sehen: Der Präsident solle Sonderzulagen bewilligen, damit die Fahrer dringend benötigte Ersatzteile kaufen könnten, und da man schon dabei war, solle der Präsident auch gleich zurücktreten.

Zwei Tage später wurden die Fische wieder ins Meer geworfen, nachdem sie mit ihrem Gestank den vormals für seine gute Luft bekannten Hafen verpestet und die größte Menge Fliegen und Wasserratten angezogen hatten, derer man sich seit Menschengedenken erinnern konnte. Nach zwei Wochen, in denen ganz Chile, mehr mit Patriotismus als mit Erfolg, die verheerenden Auswirkungen des Streiks durch freiwillige Arbeitseinsätze zu mildern versucht hatte, wurde dieser beendet und hinterließ ein ausgezehrtes, zornentbranntes Land. Der Kühlwagen kehrte zum Hafen zurück; nicht jedoch das Lächeln in die rauhen Gesichter der Arbeiter.

DANTON, ROBESPIERRE, CHARLES de Gaulle, Jean Paul Belmondo, Charles Aznavour, Brigitte Bardot, Silvie Vartan und Adamo – Mario Jiménez schnitt sie unbarmherzig aus französischen Geschichtsbüchern und Illustrierten heraus. Zusammen mit einem riesigen Poster von Paris, das er im einzigen Fremdenverkehrsbüro von San Antonio geschenkt bekommen hatte und auf dem ein Flugzeug der Air France sich seinen Bauch von der Spitze des Eiffelturms kratzen ließ, gaben sie seinem Zimmer einen gediegenen kosmopolitischen Anstrich.

Seine wie trunkene Frankophilie wurde jedoch durch eine ganze Reihe einheimischer Gegenstände gemildert: ein Wimpel der Landarbeitervereinigung von Ranquil, ein von Beatriz mit Nägeln und Zähnen gegen seine Verbannung in den Weinkeller verteidigtes Bildnis der Heiligen Jungfrau vom Carmel, ein Foto von »Panzer« Campos in einem glorreichen Kopfballhechtsprung aus jener Zeit, in der die Fußballmannschaft der Universität Chile noch als »blaues Ballett« gefeiert wurde, ein Bild Dr. Salvador Allendes vor der Präsidententrikolore sowie ein aus einem Lord-Cochrane-Kalender gerissenes Blatt, das den Tag von Marios erster – und seither andauernden – Liebesnacht mit Beatriz González festhielt.

In dieser dekorativen Atmosphäre und nach monatelanger, äußerst gewissenhafter Arbeit, bei der er die feinnervigen Ausschläge seines *Sony* nicht eine Sekunde aus den Augen gelassen hatte, nahm der Briefträger folgenden Text auf, den wir hier so wiedergeben, wie Pablo Neruda ihn zwei Wochen später in seinem Arbeitszimmer in Paris vernahm:

»Eins, zwei, drei. Bewegt sich der Zeiger? Ja, bewegt sich. (Räuspern) Lieber Don Pablo, vielen Dank für das Geschenk und den Brief, obwohl der Brief allein uns auch schon glücklich gemacht hätte. Aber der *Sony* ist sehr gut und interessant, und ich spreche Gedichte direkt in den Apparat, ohne sie aufzuschreiben. Noch nichts Besonderes bis jetzt. Das Aufnehmen hat sich so lange hingezogen, weil man um diese Zeit in Isla Negra gar nicht alles schaffen kann. Hier ist jetzt ein Arbeiterferienlager entstanden, und ich helfe im Restaurant in der Küche. Einmal in der Woche fahre ich mit dem Rad nach San Antonio und hole Briefe für die Sommergäste. Wir sind alle gesund und munter, und es gibt eine Neuigkeit, die Sie nachher hören werden. Ich wette, jetzt habe ich Sie neugierig gemacht. Sie dürfen das Band aber nicht vorlaufen lassen. Ich werde Ihre wertvolle Zeit auch nicht mehr lange in Anspruch nehmen. Was ich Ihnen nur noch sagen will, ist, was es doch nicht alles gibt im Leben. Sie beklagen sich, daß Ihnen der Schnee bis an die Ohren steht, und ich habe in meinem ganzen Leben noch nicht eine einzige Flocke gesehen. Außer im Kino natürlich. Ich würde jetzt gerne bei Ihnen in Paris sein und im Schnee schwimmen. Mich in ihm wälzen wie eine Maus im Mehl. Komisch, daß es hier zu Weihnachten nicht schneit. Ich wette, daran ist der Yankee-Imperialismus schuld! Jedenfalls schicke ich Ihnen als Zeichen der Dankbarkeit für das

Geschenk und für Ihren herrlichen Brief das folgende Gedicht, das ich, durch Ihre Oden inspiriert, für Sie geschrieben habe. Es heißt – ein kürzerer Titel ist mir nicht eingefallen – *Ode an den Schnee auf Neruda in Paris.*

(Pause und Räuspern)

Weißer Gefährte mit lautlosem Gang,
überfließende Milch der Himmel,
makelloser Schurz meiner Schulzeit,
du Leintuch verschwiegener Wanderer,
von Herberge zu Herberge ziehend,
mit einem zerknitterten Bild in den Taschen.
Schwerelose, vielfältige Prinzessin,
Schwinge von tausend weißen Tauben,
Taschentuch, das zum Abschied winkt,
von ich weiß nicht wem und was.
Meine bleiche Schöne, bitte,
falle sanft auf Neruda in Paris,
kleide ihn festlich mit deiner
perlweißen Admiralsuniform,
und bring ihn in deiner fliegenden Fregatte
zu diesem Hafen, wo man ihn so sehr vermißt.

(Pause) Soweit also das Gedicht, und jetzt die gewünschten Geräusche.
Eins: Der Wind in Ihren Glocken im Garten. (Es folgt etwa eine Minute, in der zu hören ist, wie der Wind die Glocken hinter dem Haus in Isla Negra erklingen läßt.)

Zwei: Ich ziehe an der großen Glocke in Ihrem Garten. (Es folgen sieben Glockenschläge.)

Drei: Die Brandung in den Felsen am Strand von Isla Negra. (Eine zusammengeschnittene Aufnahme heftiger Brecher in den Klippen; vermutlich hatte Mario einen besonders stürmischen Tag erwischt.)

Vier: Möwengeschrei. (Zwei Minuten seltsamer Stereoeffekte. Offenbar hatte sich der Aufnehmende dabei an eine ruhende Möwenschar herangepirscht und sie dann aufgescheucht, so daß nicht nur Krächzen, sondern auch vielfaches Flügelschlagen von synkopischem Wohlklang zu hören ist. Dazwischen, bei Strich fünfundvierzig der Aufnahme, die brüllende Stimme von Mario Jiménez: »Schreit endlich, verdammte Biester!«)

Fünf: Der Bienenstock. (Zirka dreiminütiges Gesumme aus gefährlicher Nähe. Im Hintergrund Hundegebell und Gezwitscher nicht identifizierbarer Vögel.)

Sechs: Zurückfließende Wellen. (Geradezu eine Anthologie von Geräuschen, bei denen das Mikrofon offenbar den brausend über den Sand zurückflutenden Wellen ganz dicht auf den Fersen ist und sie bis ins Meer hinein verfolgt, wo sie wunderbar mit der nächsten herantosenden Brandungswoge verschmelzen.)

Und sieben (die Worte Marios signalisieren unverkennbar Spannung; es folgt eine kurze Pause): Don Pablo Neftalí Jiménez González! (Und dann ungefähr zehn Minuten lang das durchdringende Geschrei eines Neugeborenen.)«

MARIO JIMÉNEZ' ERSPARNISSE, mit denen er Paris, die Stadt des Lichts, hatte durchstreifen wollen, schmolzen auf der Säuglingszunge Pablo Neftalís dahin, der sich nicht damit zufrieden gab, Beatriz' Brüste leerzutrinken, sondern sich zudem noch mit dickbauchigen Saugflaschen voller Kakao vergnügte, die, obwohl mit Rabatt beim Nationalen Gesundheitsdienst erstanden, den gesamten Etat zusammenbrechen ließen. Ein Jahr nach seiner Geburt zeigte sich Pablo Neftalí nicht nur äußerst geschickt im Jagen von Möwen, wie sein poetischer Pate prophezeit hatte, sondern legte auch eine verblüffende Gelehrsamkeit »in Sachen Unfälle« an den Tag. Mit dem tappenden, samtigen Gang von Katzen, die nachzuahmen ihm sonst ganz und gar nicht gelang, kletterte er auf die Felsblöcke der Mole hinunter, um dann kopfüber ins Meer zu stürzen, wobei er sich den Hintern an Seeigelbänken zerstach, sich von Krebsen in die Finger kneifen ließ, mit der Nase über Seesterne raspelte und dabei so viel Salzwasser schluckte, daß niemand glauben wollte, er würde die nächsten drei Monate überstehen. Obwohl Mario Jiménez Parteigänger eines utopischen Sozialismus war, hatte er es bald satt, seine ohnehin ungewissen zukünftigen Francs dem Kinderarzt in den Rachen zu werfen. Er baute einen Holzgitterstall, in den er seinen geliebten Sohn sperrte, fest davon überzeugt, nur so eine Siesta halten zu können, die nicht mit einem Begräbnis ende.

Als dem kleinen Jiménez die ersten Zähne kamen, brachten die Gitterstäbe seines Käfigs bald an den Tag, daß der Sprößling versuchte, sie mit seinen Milchreißern durchzusägen. Mit aus dem Zahnfleisch ragenden Splittern sorgte er für einen neuen Gast im Haus und in Marios Geldbeutel: den Zahnarzt. Und als *Televisión Nacional* eines Mittags verkündete, am Abend werde man Ausschnitte aus Pablo Nerudas Dankesrede anläßlich der Verleihung des Nobelpreises für Literatur in Stockholm übertragen, da mußte Mario sich Geld zusammenpumpen, um die lauteste und feuchteste Fiesta in Gang bringen zu können, derer man sich noch Jahre danach in der ganzen Gegend erinnern würde.

Der Telegrafist brachte aus San Antonio ein Zicklein mit, das ihm ein sozialistischer Schlachter zu einem erträglichen Preis ausgenommen hatte: vom »grauen Markt«, erklärte er. Außerdem trug Cosmes Dienstbarkeit noch zur Anwesenheit von Domingo Guzmán bei, einem kräftigen Hafenarbeiter, der sich über seinen Hexenschuß damit hinweghalf, daß er abends sein *Yamaha*-Schlagzeug – wieder die Japaner! – für *La Rueda* zum Vergnügen all der übernächtigten verführerischen Hüften bearbeitete, die unter seinen

Takten sinnlich und wild das beste Repertoire falscher Cumbias zusammentanzten, die, mit Verlaub, Luisín Landáez nach Chile eingeführt hatte.

Mit dem Telegrafisten und Domingo Guzmán auf den Vordersitzen und dem Zicklein und *Yamaha* auf der Rückbank tauchte der vierziger Ford frühmorgens in der Bucht auf. Das Auto war über und über mit sozialistischen Girlanden und Nationalfähnchen aus Plastik drapiert. Die beiden überreichten das Zicklein der Witwe González, die feierlich erklärte, sie ergebe sich zwar dem Dichter Pablo Neruda, werde aber weiterhin auf ihre Töpfe schlagen, wie die vornehmen Damen aus der Provinz Santiago, bis die Kommunisten aus der Regierung verschwunden seien. »Man sieht ja, daß sie bessere Dichter als Staatsmänner sind«, beschloß sie ihre Rede.

Unterstützt von einer jüngst eingetroffenen Gruppe Sommerfrischlerinnen – diesmal allesamt unbeirrbare Allende-Anhängerinnen, die jeden auf die Bretter geschickt hätten, der über die Unidad Popular auch nur eine einzige krumme Bemerkung gemacht hätte –, bereitete Beatriz einen Salat mit so vielen Zutaten vor, daß man die Badewanne in die Küche stellen mußte, um in ihr all die Salatköpfe, die stolzen Selleries, die hüpfenden Tomaten, den Mangold, die Möhren und Rettiche, die braven Kartoffeln, den störrischen Koriander und das Basilikum herumschwimmen lassen zu können, die von den Leuten aus jedem Garten und von jedem Feld des Ortes beigesteuert worden waren. Allein in der Mayon-

naise steckten vierzehn Eier, und Pablo Neftalí
wurde mit der heiklen Mission betraut, der spanischen Henne aufzulauern und ein »Venceremos« zu
schmettern, sobald diese ihr tägliches Ei gelegt habe.
Es sollte noch in die gelbe Delikatesse hineingeschla-
gen werden, die dank der Tatsache, daß keine der
Frauen an diesem Tag ihre Regel hatte, schön fest
geworden war.

Mario ließ keine Fischerhütte und kein Zelt des
Ferienlagers aus, um zur Fiesta zu laden. Seine Fahr-
radklingel erscholl in jedem Winkel der Bucht, und
er strahlte eine Freude aus, die nur mit der jenes
Tages zu vergleichen war, an dem Beatriz den kleinen Pablo Neftalí – schon damals mit einer Mähne
wie Paul McCartney – aus ihrem Schoß ans Licht der
Welt gebracht hatte.

Ein Nobelpreis für Chile, und sei es auch nur der für
Literatur, redete der Genosse Rodríguez auf die versammelten Sommergäste ein, sei eine Ehre für das
Land und ein Sieg für Präsident Allende. Er hatte
den Satz noch nicht beendet, als der junge Vater
Jiménez, in diesem Augenblick Opfer einer Zornes-
anwandlung, die ihm jeden Nerv und jede einzelne
Haarwurzel elektrisierte, Rodríguez hart am Arm
faßte und zur Trauerweide zog. Im Schatten des
Baumes und mit einer Selbstbeherrschung, die er
sich aus alten George-Raft-Filmen angeeignet hatte,
ließ er den Arm des Genossen Rodríguez los,
befeuchtete sich die wuttrockenen Lippen und sagte
gelassen: »Genosse Rodríguez, erinnern Sie sich

noch an das Küchenmesser, das mir einmal aus Versehen auf Ihren Tisch gefallen ist, als Sie gerade beim Essen saßen?«

»Ich habe es nicht vergessen«, sagte der Funktionär und fuhr sich über die Magengegend.

Mario nickte, zog seine Lippen zu harten, schmalen Strichen zusammen, als wolle er einer Katze hinterherpfeifen, und strich dann mit dem flachen Daumennagel über sie. »Es ist immer noch da.«

Zu Domingo Guzmán gesellten sich Julián de los Reyes an der Gitarre, der kleine Pedro Alarcón an der Rassel, die Witwe Rosa González als Sängerin und der Genosse Rodríguez auf der Trompete, da er eingesehen hatte, daß es besser war, sich mit irgend etwas das Maul zu stopfen. Die Probe fand auf dem Bretterboden der Strandbar statt, und jeder wußte schon im voraus, daß abends *La Vela* gespielt werden würde (*of course*, wie der Augenarzt Radomiro Spotorno bemerkte, der extra nach Isla Negra gekommen war, um Pablo Neftalís Auge zu verarzten, in das ihn die spanische Henne listigerweise gepickt hatte, als das Kind ihren Arsch in Augenschein nahm, um rechtzeitig das von allen erwartete Ei ankündigen zu können). Einstudiert wurden auch der Bolero *Kleiner Glaube,* und zwar auf Druck der Witwe, die sich bei den süß träufelnden Schnulzentexten heimischer fühlte, und, unter die Rubrik »Wackeltänze« fallend, die unsterblichen Melodien von *Haifisch, Haifisch, Cumbia von Macondo, Die Band ist wieder mal besoffen* sowie – weniger wegen der dreisten

Aufdringlichkeit des Genossen Rodríguez als vielmehr zu Marios Zerstreuung – *Erzählt mir nicht, meine Schmetterlinge, es gäb' keine Heringe.*

Neben dem Fernsehapparat stellte der Briefträger eines der chilenischen Nationalfähnchen auf. Dazu legte er zwei Bände der Losada-Dünndruckausgabe, die auf der Mario gewidmeten Seite aufgeschlagen war, einen grünen Kugelschreiber des Dichters, den Jiménez auf unehrenhafte Weise – auf die wir hier nicht eingehen wollen – in seinen Besitz gebracht hatte, und den *Sony,* der als Ouvertüre oder Aperitif – da Mario es nicht zuließ, daß vor dem Ende von Nerudas Rede auch nur eine Olive gegessen oder eine Zunge mit Wein benetzt wurde – die *Hitparade* der Geräusche von Isla Negra spielte.

Lärm, Hunger, Durcheinander, Probe – alles hörte wie durch Zauberwirkung schlagartig auf, als um Punkt zwanzig Uhr, in einem Moment, in dem vom Meer her eine vergnügte Brise über die Versammelten strich, landesweit über Satellit die Schlußworte aus der Dankesrede des Literaturnobelpreisträgers Pablo Neruda übertragen wurden. Eine Sekunde, eine einzige zeitlose Sekunde lang schien es Mario, als senke sich Stille über das Dorf und bedecke alles wie mit einem Kuß. Und als Neruda hinter den nebligen Schleiern des Bildschirms sprach, stellte er sich vor, seine eigenen Worte wären himmlische Pferde, die zum Haus des Dichters galoppierten, um sich dort an ihren Krippen zu laben.

Wie Kinder vor einem Kasperltheater, bewirkten die

Lauscher der Ansprache allein durch ihre gebannte Aufmerksamkeit, daß Neruda leibhaftig in dem Lokal zu stehen schien. Nur daß den Dichter jetzt ein Frack kleidete und nicht der Poncho, den er bei seinen Abstechern in die Bar trug – wie damals, als die Schönheit von Beatriz González ihm zum erstenmal die Sprache verschlagen hatte.

Hätte Neruda seine Mitzecher von Isla Negra sehen können, wie sie ihn anglotzten, wären ihm ihre aufgerissenen Augen aufgefallen, mit denen sie in den Apparat starrten, als könnten sie durch das geringste Zucken ihrer Wimpern eines seiner Worte verpassen. Sollte die japanische Technologie irgendwann einmal in der Lage sein, elektronische und fleischliche Wesen miteinander zu verschmelzen, dann könnten die harmlosen Bewohner Isla Negras von sich behaupten, Vorläufer dieses Phänomens gewesen zu sein. Und sie würden es ohne jede Prahlerei und mit der gleichen anmutigen Freundlichkeit tun, mit der sie der Rede ihres Poeten lauschten:

»Heute vor genau hundert Jahren hat ein armer und herrlicher Dichter, der grimmigste aller Verzweifelten, diese Prophezeiung geschrieben: ›A l'aurore, armés d'une ardente patience, nous entrerons aux splendides villes. – Im Morgengrauen werden wir, bewaffnet mit brennender Geduld, die strahlenden Städte betreten.‹ Ich glaube an die Prophezeiung des Sehers Rimbaud. Ich komme aus einer dunklen Provinz, aus einem Land, das eine schroffe Geografie von allen anderen Ländern isoliert hat. Ich war der verlassenste aller Dichter, und meine Dichtung war regional, traurig und regnerisch, aber ich habe immer den Menschen vertraut. Ich habe nie die Hoffnung verloren. Vielleicht bin ich deshalb mit meiner Poesie und auch mit meiner Fahne bis hierher gekommen. Also muß ich den Menschen guten Willens, den Arbeitern, den Dichtern, sagen, daß in diesem einen Satz Rimbauds die ganze Zukunft ausgedrückt ist: Nur mit brennender Geduld werden wir die strahlende Stadt erobern, die allen Menschen Licht, Gerechtigkeit und Würde schenken wird. So wird die Poesie nicht vergebens gesungen haben.«

Diese Worte entfesselten spontan Beifall unter den um den Apparat Versammelten und eine Tränenflut bei Mario Jiménez, der erst nach einer halben Minute der stehenden Ovation hinunterschlucken konnte, was ihm in der Nase saß. Er rieb seine nassen Wangen, wandte sich von der ersten Reihe aus nach hinten und dankte lachend für den anhaltenden Jubel, mit dem Neruda bedacht wurde. Dabei drückte er sich eine Handfläche an die Schläfe und wackelte mit dem Kopf wie ein Kandidat, der eben zum Senator gewählt worden war. Das Bild des Dichters verschwand vom Bildschirm, und die Ansagerin erschien mit einer Meldung, die der Telegrafist erst hörte, als sie sagte: »Wir wiederholen: Ein faschistisches Kommando hat die Hochspannungsmasten in der Provinz Valparaiso gesprengt. Die Arbeitergewerkschaft ruft ihre Mitglieder im ganzen Land auf, in Alarmbereitschaft zu verbleiben.« Genau zwanzig Sekunden später entführte ihn eine überreife, aber wohlmeinende Touristin von seinem Tisch zum Tanz – was er am nächsten Morgen erzählte, als er aus den Dünen zurück war. Dorthin hatte er die Dame begleitet, um Sternschnuppen zu betrachten. (»Spermschnuppen«, verbesserte ihn die Witwe.)

Die reine Wahrheit ist, daß das Fest so lange dauerte, bis es zu Ende war. Dreimal wurde *Haifisch in Sicht* getanzt, wobei alle einstimmten: »Ay, ay, ay, daß dich der Haifisch frißt«, außer dem Telegrafisten, der nach den Nachrichten düster und sonderbar war, bis die überreife Touristin ihn ins linke Ohrläppchen biß und sagte, nach der Cumbia käme sicher noch einmal *La Vela*.

Noch neunmal wurde *La Vela* gespielt und getanzt, bis das Lied dem ganzen Kontingent der Sommerfrischler so vertraut war, daß sie alle, obwohl der Text sehr kupplerisch und schlüpfrig war, mit heiseren Kehlen mitbrüllten. Nur heftige Kußorgien unterbrachen den Lärm.

Domingo Guzmán stellte ein Potpourri älterer Schlager, die in seinen Kindertagen entstanden waren, zusammen: *Haut aus Zimt, Ay, wie schön, Mama, Adela hat mir gesagt ..., Papa hat den Mambo so gern, Cha-cha-cha der Verliebten, Ich glaube nicht an Gagarin, Kleines Mädchen vom Mars* und *Verzweifelte Liebe* – diese allerdings in einer Version der Witwe González, die das Lied so atmosphärisch dicht sang, als sei sie dessen eigentlicher Interpret, Yaco Monti.

So lang die Nacht auch wurde, niemand hätte sagen können, daß es an Wein gemangelt hätte. Jeder Tisch, auf dem die Flaschen auf Halbmast standen, wurde von Mario höchstpersönlich mit einer Fünfliter-Bastflasche versorgt, »um mir unnötige Reisen zum Weinkeller zu sparen«. Irgendwann kam dann der Moment, in dem die Hälfte der Festgäste sich, wild durcheinandergewürfelt, in den Dünen herumtrieb, und nach der Berechnung der Witwe González waren die Paare nicht hundertprozentig dieselben, wie sie von Kirche oder Standesamt gesegnet oder gesetzlich getraut worden waren. Erst als Mario Jiménez ganz sicher war, daß keiner seiner Gäste die Anschrift, die Wahlscheinnummer und den letzten Wohnsitz des Ehegatten mehr angeben konnte, beschloß er, das Fest als vollen Erfolg zu werten und der Vermischung der Geschlechter ohne seine ermunternde Anwesenheit ihren Lauf zu lassen. Mit der Bewegung eines Toreros löste er Beatriz die Schürze, umschlang ihre Taille mit zärtlichem Griff und rieb seinen Schaft an ihrer Hüfte, wie sie es gern hatte – was die Seufzer bewiesen, die sie ausstieß, und der Saft, der ihre Schamhaare feucht werden ließ. Mit seiner Zunge leckte Mario ihre Ohrmuschel, hob mit seinen Händen ihre Hinterbacken an und drängte sie in eine Ecke der Küche, wo er ihr unbekümmert den Rock auszog.

»Man wird uns sehen, Liebster«, keuchte Beatriz,

stellte sich aber so hin, daß Mario ganz in sie eindringen konnte.

Mit harten Stößen wühlte er ihre Schenkel auf und fuhr mit seiner Zunge über ihre Brüste, wobei er stammelte: »Schade, daß wir den *Sony* nicht hier haben, um diese Hommage an Don Pablo aufzunehmen.«

Unmittelbar danach stieß er einen orgiastischen Schrei aus, der so sprudelnd, tosend, bizarr, barbarisch und apokalyptisch donnernd die Nacht erschütterte, daß die Hähne glaubten, der Morgen sei angebrochen. Sie begannen mit geschwollenen Kämmen zu krähen, während die Dorfköter das heisere Heulen Marios mit dem Nebelhorn des Nachtdampfers, der nach Süden unterwegs war, verwechselten und in unbegreiflicher Einstimmigkeit den Mond anbellten, so daß der Genosse Rodríguez, der bei einem Gardel-Tango gerade mit seiner Zunge über das Ohr einer kommunistischen Studentin fuhr, das Gefühl hatte, ein Gewitterschlag trockne ihm den heiseren Tangospeichel aus. Die Witwe Rosa González versuchte unterdessen, mit dem Mikrofon in der Hand Marios Hosanna zu übertönen, indem sie *La Vela* noch einmal in Opernstimmlage hinausjubilierte. Ihre Arme wie Windmühlenflügel schwenkend, beschwor sie Domingo Guzmán und Pedro Alarcón, die Pauken und Trommeln zu bearbeiten, die Rasseln zu wirbeln und in Trompeten und Trutrucahörner zu stoßen oder wenigstens zu pfeifen. Aber Meister Guzmán bremste den kleinen Pedro mit einem Sei-

tenblick und wisperte ihm zu: »Ganz ruhig, Meister,
die Witwe hüpft hier nur so herum, weil gleich ihre
Tochter an der Reihe ist.«

Zwölf Sekunden nach dieser Prophezeiung, als die
Lauscher aller nüchternen, weniger nüchternen und
schon bewußtlosen Gäste, wie von einem riesigen
Magneten angezogen, auf die Küche gerichtet waren
und Alarcón und Guzmán so taten, als müßten sie
ihre verschwitzten Handflächen an ihren Hemden
trockenreiben, bevor sie in zitternde Begleitmusik
einfielen, durchbrach Beatriz' Orgasmus die sternen-
klare Nacht mit einem solchen Akkord, daß sogar
die Paare in den Dünen davon inspiriert wurden
(»Einmal so einen«, flehte die Touristin den Telegrafisten an), die Witwe indes brandrote Ohren bekam
und dem Herrn Pfarrer, der schlaflos in seinem
Kirchturm lag, die Worte entfuhren: »Magnificat,
staba, lingua, dies irae, benedictus angelus, kyrie
eleison.«

Nach dem letzten Jauchzer schien die ganze Nacht
feucht zu werden, und die danach folgende Stille
hatte etwas Stürmisches und Beunruhigendes. Die
Witwe warf das nutzlose Mikrofon auf die Bretter
und eilte vor dem Hintergrund vereinzelten, noch
zögernden Beifalls davon, der von den Dünen und
den Felsen herkam und dem sich die begeisterten
Musiker sowie die etwas taktvolleren Touristen und
die Fischer anschlossen, bis er sich zum Brausen eines
Wasserfalls gesteigert hatte und von einem »Viva
Chile, Scheiße!« des unsäglichen Genossen Rodrí-

guez untermalt wurde. Die Witwe Rosa González also eilte zur Küche, wo ihr im Halbdunkel die ekstatisch geweiteten Augen ihrer Tochter und ihres Schwiegersohnes entgegenflackerten. Mit dem Daumen über die Schulter nach draußen deutend, spie sie vor den beiden die Worte aus: »Der Beifall ist für die Turteltäubchen.«

Beatriz schlug die Hände vor ihr von beglückten Tränen überströmtes Gesicht und fühlte, wie diese unter einem plötzlichen Erröten zu kochen begannen. »Ich hab's ja gewußt, o mein Gott!«

Mario zog sich die Hosen hoch und schnürte den Riemen fest. »Schon gut, Schwiegermutter. Vergessen Sie die Schande, diese Nacht ist zum Feiern da.«

»Feiern? Was denn?« fauchte die Witwe.

»Den Nobelpreis für Don Pablo. Wir haben gewonnen, Señora!«

»*Wir* haben gewonnen?« Doña Rosa war kurz davor, Mario die geballte Faust aufs verworfene Maul oder ihre Schuhspitze zwischen seine prallen, verantwortungslosen Eier zu plazieren, kam jedoch in einem Moment der Erleuchtung zu der Einsicht, es sei würdiger, aus ihrem Zitatenschatz zu kontern: »Wir pflügen, sagte die Fliege auf dem Rücken des Ochsen«, und damit knallte die Tür ins Schloß.

NACH DER KARTEI des Doktors Giorgio Solimano hatte sich der kleine Pablo Neftalí bis August 1973 folgende Krankheiten zugezogen: Röteln, Masern, Windpocken, Luftröhrenkatarrh, Magen-Darm-Katarrh, Mandelentzündung, Rachenschleimhautentzündung, Dickdarmentzündung, Knöchelverstauchung, Nasenbeinverrenkung, Schienbeinquetschung, Schädel-Hirn-Trauma, Verbrennung zweiten Grades des rechten Arms infolge eines Versuchs, die spanische Henne aus dem Kochtopf zu retten, und eine Entzündung des linken kleinen Zehs nach Kontakt mit einem so außergewöhnlich großen Seeigel, der, nachdem Mario ihn aus dem Fuß seines Stammhalters gezogen und voller Rache aufgeschlitzt hatte, ein Abendessen für die ganze Familie hergab, ohne daß man mehr hätte dazugeben müssen als einen Schuß Zitronensaft und etwas roten und schwarzen Pfeffer.

Mario Jiménez mußte so oft den Weg zur Notstation des Hospitals von San Antonio gehen, daß er die letzten Münzen, die ihm für seine längst schon utopisch gewordene Reise nach Paris geblieben waren, zusammenkratzte, um sich einen Motorroller zu kaufen. Mit dem konnte er nun jedesmal schnell und sicher den Hafen erreichen, wenn Pablo Neftalí sich wieder ein Körperteil massakriert hatte. Dieses Gefährt brachte der Familie zusätzlich noch eine Erleichterung, da es inzwischen immer häufiger zu Arbeitseinstellungen und Streiks der Lastwagenfahrer, Taxifahrer und Lagerarbeiter kam und es an manchen Abenden im Restaurant nicht einmal mehr Brot gab, weil nirgends Mehl zu kaufen war. Der Motorroller wurde zum Gehilfen, mit dem Mario sich nach und nach der Küche entledigte, um all jene Orte und Gegenden zu durchkämmen, wo es noch etwas zu kaufen gab, das den Kochtopf der Witwe beglücken konnte.

»Wir haben Geld und wir haben die Freiheit, aber nichts, was wir uns dafür kaufen können«, philosophierte die Witwe bei den Teegesellschaften der Touristinnen vor dem Fernseher.

Eines Nachts, als Mario sich die zweite Lektion des Buches *Bonjour Paris* noch einmal vornahm, zu dem er von dem Text Rina Kettys und von Beatriz angeregt worden war, die ihm erklärt hatte, seine Gurgellaute beim Aussprechen des »r« seien für jeden Franzosen auf den Champs Elysées höchst verdächtig, riß ihn der tiefe Schlag einer nur allzu bekannten Glocke für immer aus den Unregelmäßigkeiten des Verbs »être«. Beatriz sah, wie Mario traumwandlerisch aufstand, zum Fenster ging, es öffnete und dem zweiten Schlag der Glocke in seiner nun vollen Lautstärke lauschte, dessen Schallwellen weitere Nachbarn aus ihren Häusern lockten.

Verschlafen hängte er sich die Ledertasche über die Schulter und wollte schon nach draußen gehen, als Beatriz ihn mit einem Schwitzkastengriff und einem typischen González-Satz zurückhielt: »Zwei Skandale in weniger als einem Jahr hält dies Dorf nicht aus.«

126

Sie schleifte den Briefträger zum Spiegel, wo er fest-
stellte, daß sein einziges Kleidungsstück die vor-
schriftsmäßige Posttasche war, die in ihrer momenta-
nen Lage gerade eine Hinterbacke bedeckte. Zu seinem Spiegelbild sagte er nur: »Tu est fou, petit!«
Die ganze Nacht lang verfolgte er den Lauf des
Mondes, bis dieser im heraufziehenden Morgen
unterging. Es gab so vieles, worüber er mit dem
Dichter zu sprechen hatte, daß dessen listenreiche
Rückkehr ihn völlig durcheinanderbrachte. Zuerst
würde er ihn natürlich – noblesse oblige – nach seiner
Botschaft in Paris befragen, nach dem Grund seiner
Rückkehr, nach den zur Zeit beliebtesten Filmschau-
spielerinnen, nach der letzten Kleidermode (vielleicht hatte er ja ein Kleid als Geschenk für Beatriz
mitgebracht), und dann erst würde er auf sein wahres
Thema kommen: auf sein ausgewähltes Gesamtwerk,
wobei die Betonung auf *ausgewählt* liegen würde. In
zierlicher Reinschrift füllte es das Buch des Abgeordneten Labbé, in dem auch noch ein Blatt des
ehrenwerten Bürgermeisteramts von San Antonio
mit der Ausschreibung eines Poesiewettbewerbs
steckte, dessen erster Preis aus »einer frischen Rose,
Veröffentlichung des prämierten Textes in der Kul-
turzeitschrift *La Quinta Rueda* und fünfzigtausend
Escudos in bar« bestand. Aufgabe des Dichters sollte
es sein, im Buch herumzustöbern, eines der Gedichte
auszuwählen und, falls das nicht zuviel verlangt sei,
ihm den letzten Schliff zu geben und damit Marios
Chancen zu verbessern.

Er stellte sich in der Nähe des Hauses auf Posten, lange bevor der Bäckerladen öffnete, die Hähne krähten, aus der Ferne die Glocke des Esels ertönte, der die Milch brachte, und lange bevor das Licht der einzigen Laterne erlosch. In die grobe Wolle seines Seemannspullovers gehüllt, hielt er seinen Blick auf die Fenster geheftet und verzehrte sich nach einem Lebenszeichen von drinnen. Jede halbe Stunde sagte er sich, daß die Reise des Dichters wahrscheinlich sehr anstrengend gewesen sei, daß er jetzt vermutlich vergnügt seine weichen Matratzen genieße, daß Doña Matilde ihm gerade das Frühstück ans Bett gebracht habe. Und obwohl ihn seine Zehen vor Kälte schmerzten, gab Mario die Hoffnung nicht auf, die schweren Lider des Dichters im Fensterrahmen auftauchen zu sehen, die ihm dieses wie abwesende Lächeln schenken würden, von dem er so viele Monate geträumt hatte.

Gegen zehn Uhr morgens, die Sonne schien kraftlos, tauchte Doña Matilde mit einem Einkaufsnetz in der Hand an der Tür auf. Der Junge rannte zu ihr, um sie zu begrüßen, wobei er jubelnd auf die Ledertasche schlug und mit den Händen übertrieben den Umfang der angesammelten Briefe in die Luft malte. Die Frau steckte ihm voller Wärme ihre Hand entgegen, aber ein einziger Lidschlag ihrer ausdrucksvollen Augen genügte, um Mario die Trauer hinter der Herzlichkeit spüren zu lassen.

»Pablo ist krank«, sagte sie.

Sie hielt ihr Einkaufsnetz auf und bedeutete ihm, die

Briefe hineinzuschütten. Er wollte fragen: »Lassen Sie mich die Post zu ihm bringen?«, aber Matildes sanfte Schwermut legte sich auf ihn, und nachdem er getan, wie sie ihm geheißen, versenkte er seinen Blick in die leere Tasche und erkundigte sich, obwohl er die Antwort fast erriet: »Ist es schlimm?«

Matilde nickte, und der Briefträger begleitete sie die paar Schritte zum Bäcker, kaufte sich ein Kilo Biskuits und faßte, eine halbe Stunde später, die knirschenden Krümel über sein Schreibheft verstreuend, den souveränen Entschluß, sich mit seiner *Skizze in Blei von Pablo Neftalí Jiménez González* um den ersten Preis zu bewerben.

MARIO JIMÉNEZ HIELT sich streng an die Wettbewerbsbestimmungen. Neben dem Gedicht vertraute er einem gesonderten Umschlag etwas verschämt seine knappe Biografie an und fügte, bemüht, sie etwas dekorativer zu gestalten, hinzu: »verschiedene Lesungen«. Er ließ den Umschlag vom Telegrafisten mit der Schreibmaschine beschriften, versiegelte ihn dann mit Lack und drückte den Amtsstempel der Post von Chile darauf.

»In der Aufmachung übertrifft dich niemand«, sagte Don Cosme, der den Brief auf die Waage legte und

– den Mäzen spielend – dabei sich selbst ein paar Briefmarken stahl.

Das Warten machte Mario nervös, lockerte aber die Trübsal etwas auf, die ihn jedesmal überkam, wenn er dem Dichter die Post brachte, ihn aber nicht sehen konnte. Zweimal hörte er frühmorgens Bruchstücke eines Gesprächs zwischen Doña Matilde und dem Arzt, ohne jedoch etwas über den Gesundheitszustand des Dichters aufschnappen zu können. Ein anderes Mal trieb er sich noch an der Tür herum, nachdem er die Briefe abgegeben hatte, und als der Arzt zu seinem Wagen ging, fragte er ihn hitzig, in Schweiß gebadet, nach dem Befinden des Dichters. Die Antwort ließ ihn zuerst in tiefe Verwirrung und eine halbe Stunde später ins Wörterbuch versinken: »Stationär.«

Am 18. September 1973 wollte *La Quinta Rueda* anläßlich des Jahrestages der Unabhängigkeit Chiles eine Sonderausgabe herausbringen, auf deren Mittelseiten in dicken Schlagzeilenlettern das prämierte Gedicht abgedruckt werden sollte. Eine Woche vor diesem spannungsgeladenen Datum träumte Mario, die *Skizze in Blei von Pablo Neftalí Jiménez González* habe das Zepter gewonnen und Pablo Neruda persönlich überreiche ihm die frische Rose und den Scheck. Aus diesem paradiesischen Zustand riß ihn ein hartnäckiges Klopfen am Fenster. Fluchend tastete Mario sich durchs Zimmer. Als er das Fenster geöffnet hatte, erkannte er den in einen Poncho gehüllten Telegrafisten, der ihm brüsk ein Miniradio unter die Nase stieß, aus dem ein bekannter deutscher Marsch ertönte: *Alte Kameraden.* Wie zwei traurige Trauben hingen Cosmes Augen im nebligen Grau des Morgens. Wortlos und mit unveränderten Gesichtszügen drehte er an der Senderwahl, doch auf allen Frequenzen quoll dieselbe kriegerische Musik mit ihren Pauken, Trompeten, Tuben und Hörnern aus dem kleinen Lautsprecher. Er hob die Schultern, und endlos langsam und zögernd verstaute er das Radio unter seinem alten Poncho. Schwerfällig sagte er: »Ich verschwinde!«

Mario fuhr sich mit der Hand durch die Mähne, griff sich den Seemannspullover, sprang aus dem Fenster und rannte zum Motorroller. »Ich hole die Post für den Dichter!« rief er.

Der Telegrafist stellte sich ihm entschlossen in den Weg und hielt mit beiden Händen den Lenker des Motorrollers fest. »Willst du dich umbringen?«

Beide blickten zum verhangenen Himmel hinauf und sahen über sich drei Hubschrauber in Richtung Hafen fliegen.

»Gib mir die Schlüssel, Chef!« schrie Mario und ließ zum Dröhnen der Hubschrauber den Motor seiner Vespa laufen.

Don Cosme gab sie ihm, hielt seine Hand aber fest. »Und hinterher wirf sie ins Meer. So können wir diesen Saukerlen wenigstens noch eins auswischen.«

In San Antonio hatte die Armee alle öffentlichen Gebäude besetzt, auf allen Balkonen pendelten die Läufe von Maschinengewehren lauernd hin und her.

Die Straßen waren wie leergefegt. Noch bevor Mario zum Postamt kam, hörte er von Norden her Schüsse, zuerst einzelne, später ganze Salven. An der Tür stand, vor Kälte zusammengekrümmt, ein Rekrut und rauchte. Als Mario mit klimpernden Schlüsseln zu ihm trat, nahm der Soldat Haltung an. »Was willst du denn hier?« fragte er und sog den letzten Rauch aus seinem Stummel.

»Ich arbeite hier.«

»Was denn?«

»Briefträger.«

»Geh lieber wieder nach Hause.«

»Ich muß erst die Briefe holen.«

»Verrückt! Auf den Straßen sind alle am Schießen, und du noch hier.«

»Ist eben meine Arbeit.«

»Gut, nimm die Briefe und hau ab, verstanden?«

Am Sortiertisch durchwühlte Mario die Post und legte fünf Briefe für den Dichter heraus. Dann ging er zum Telex, hob den Papierstreifen hoch, der sich wie ein Läufer über den Boden ergoß, und zählte an die zwanzig Telegramme für den Dichter. Mit einem Ruck riß er den Streifen ab, rollte ihn über seinem linken Arm zusammen und stopfte ihn zu den Briefen in die Tasche. Die Schüsse waren jetzt wieder verstärkt vom Hafen her zu hören, während der Junge prüfend seinen Blick über den militanten Wandschmuck Don Cosmes schweifen ließ. Das Bild von Salvador Allende konnte hängen bleiben, denn solange die Gesetze nicht geändert waren, blieb er

Präsident von Chile, selbst wenn er tot sein sollte. Aber der wirre Bart von Karl Marx und die brennenden Augen von Che Guevara mußten weg: Sie verschwanden in der Posttasche. Bevor er den Raum wieder verließ, tat Mario etwas, das seinen Chef in größter Niedergeschlagenheit noch erfreut hätte: Er setzte sich seine Briefträgerdienstmütze auf und verbarg unter ihr das wirre Durcheinander seiner Mähne, die ihm angesichts des Haarschnitts des Soldaten jetzt eindeutig konspirativ vorkam.

»Alles in Ordnung?« fragte ihn der Rekrut, als er herauskam.

»Alles in Ordnung.«

»Hast dir deine Briefträgermütze aufgesetzt, he?«

Mario befühlte sekundenlang den harten Filzrand, als wolle er sich vergewissern, daß seine Haare auch wirklich alle Platz gefunden hatten, und zog sich dann voller Verachtung den Schirm tief in die Stirn.

»Der Kopf ist von jetzt an nur noch als Mützenhalter zu benutzen.«

Der Soldat befeuchtete mit der Zungenspitze die Lippen, steckte sich eine neue Zigarette zwischen die Schneidezähne, nahm sie für einen Moment wieder heraus, um einen goldbraunen Tabakskrümel auszuspucken, und auf seine Militärtreter starrend, sagte er, ohne Mario anzusehen: »Hau ab, Bürschchen.«

Vor Nerudas Haus hatten Soldaten eine Straßen-
sperre errichtet, hinter der ein Militärlastwagen mit
geräuschlos sich drehendem Blinklicht stand. Es reg-
nete leicht, ein kalter, feiner Küstenregen, der eher
lästig als wirklich naß ist. Der Briefträger nahm eine
Abkürzung und machte sich, eine Wange in den
Lehm gepreßt, von der Höhe eines kleinen Hügels
aus ein Bild von der Lage. Die Straße, die am Haus
des Dichters vorbeiführte, war nach Norden hin
abgesperrt und wurde in der Nähe des Bäckerladens
von drei Rekruten bewacht. Wer über dieses Stück
Straße kam, wurde von den Soldaten durchsucht. Sie
lasen jedes Papierchen in der Brieftasche, eher darauf
bedacht, die Langeweile zu vertreiben, die ihr Dienst
an einer bedeutungslosen Bucht mit sich brachte, als
die nötige Aufmerksamkeit für die Überwachung
aufzubringen. Wer eine Einkaufstasche dabeihatte,
wurde ohne Gewalt gezwungen, den Inhalt einzeln
vorzuzeigen: Waschmittel, einen Karton Makkaroni,
eine Dose Tee, Äpfel, ein Kilo Kartoffeln. Danach
wurde man mit einer mißmutigen Handbewegung
weitergeschickt. Obwohl alles für ihn völlig neu war,
hatte das Verhalten der Soldaten für Mario etwas
ganz Gewöhnliches. Die Rekruten standen stramm
oder beschleunigten ihre Bewegungen nur, wenn in
gewissen Abständen ein Leutnant mit Schnauzbart
und drohender Befehlsstimme nach dem Rechten
sah.
Mario blieb bis Mittag und beobachtete, was vor sich
ging. Dann kletterte er vorsichtig hinunter, ließ den

Motorroller zurück, umrundete die jetzt fremd wirkenden Häuser in weitem Bogen, stieß in Höhe der Mole wieder auf den Strand und lief barfuß über den Sand direkt unterhalb der Steilküste zu Nerudas Haus. In einer Höhle bei den Dünen versteckte er den Postsack hinter einem Felsblock mit scharfzackigen Kanten und breitete sehr vorsichtig – und so gut es die unablässig herandonnernden und den Strand abkämmenden Hubschrauber zuließen – die Rolle mit den Telegrammen aus und las sie eine ganze Stunde lang durch. Danach knüllte er das Papier zusammen und verbarg es unter einem Stein. Die Entfernung zum Glockenturm im Garten war nicht groß, es ging allerdings steil bergauf. Noch einmal wurde er von den vorüberfliegenden Flugzeugen und Hubschraubern aufgehalten, die Möwen und Pelikane längst ins Exil getrieben hatten. Mit den beharrlich kreisenden Propellern und der Leichtigkeit, mit der sie plötzlich über dem Haus des Dichters wie reglos in der Luft schwebten, erinnerten sie Mario an beutewitternde Bestien oder an ein unersättliches Späherauge. Er unterdrückte sein Verlangen, den Hügel zu erklimmen, da er Gefahr lief, entweder abzustürzen oder von den Wachsoldaten auf der Straße entdeckt zu werden. Mario bewegte sich langsam im Schatten der Wolken vorwärts. Die Dämmerung war noch nicht hereingebrochen, und so schien ihm der Steilhang geschützter zu sein, auf den nicht das Licht der Sonne traf, das ab und zu durch die Wolkendecke brach und die Scherben zerbrochener

Flaschen und die glatte Oberfläche der Kiesel am Strand aufblitzen ließ.

Als er den Glockenturm erreicht hatte, hätte er jetzt ein Wasserbecken gewünscht, um sich die Kratzer an den Wangen und vor allem die Handflächen kühlen zu können, in deren blutigen Rissen der Schweiß brannte.

Mario spähte zur Terrasse hinüber. Da sah er Matilde, die Arme vor der Brust verschränkt, den Blick im Rauschen des Meeres versunken. Sie wandte den Kopf und sah den Briefträger, der ihr Zeichen machte und gleichzeitig einen Finger auf seine Lippen legte, damit sie still bleibe. Matilde wußte, daß das Stück bis zum Zimmer des Dichters von den Posten an der Straße nicht eingesehen werden konnte, und wies Mario mit einer Bewegung ihrer Augen zum Schlafzimmer.

Einen Moment lang mußte er in der halb geöffneten Tür verharren, um den Dichter in dem nach Medizin, Salben und feuchtem Holz riechenden Dämmerlicht erkennen zu können. Wie der zögernde Besucher einer Kirche, erschüttert von Nerudas mühsamem Atem, der nicht fließend kam, sondern ihm eher die Kehle zu zerreißen schien, ging Mario behutsam über den Teppich und trat an das Bett.

»Don Pablo«, flüsterte er so leise, als wolle er seine Stimme dem sanften Licht der mit einem blauen Handtuch verhängten Nachttischlampe anpassen. Ihm war, als hätte ein Schatten seiner selbst gesprochen. Mühsam hob sich Nerudas Schattenriß aus dem

Bett, und seine matten Augen tasteten sich durch die Dämmerung. »Mario?«

»Ja, Don Pablo.«

Der Dichter streckte seinen kraftlosen Arm aus, aber der Briefträger nahm die Bewegung in diesem Spiel leerer Umrisse nicht wahr.

»Komm näher, Junge.«

Als Mario neben ihm stand, drückte der Dichter das Handgelenk seines Freundes mit der Kraft eines Fiebernden und bedeutete ihm, sich am Kopfende hinzusetzen.

»Ich wollte heute morgen schon kommen, aber es ging nicht. Das Haus ist von Soldaten umstellt. Sie haben nur den Arzt durchgelassen.«

Ein schwaches Lächeln öffnete dem Dichter die Lippen. »Ich brauche keinen Arzt mehr, mein Junge. Es wäre besser, man schickte mir gleich den Totengräber ins Haus.«

»Sagen Sie nicht so was, Don Pablo.«

»Totengräber ist kein schlechter Beruf, Mario. Erinnerst du dich, wie Hamlet in seine Betrachtungen vertieft ist und der Totengräber ihm rät: ›Zerbrich dir nicht den Kopf, such dir lieber eine stramme Magd‹?«

Der Junge erkannte jetzt auf dem Nachttisch eine Tasse, die er, auf eine Geste Nerudas hin, ihm an die Lippen führte. »Wie fühlen Sie sich, Don Pablo?«

»Wie mit einem Bein im Grab, aber sonst ganz gut.«

»Wissen Sie, was draußen vor sich geht?«

»Matilde versucht, alles von mir fernzuhalten, aber

ich habe ein japanisches Miniradio unterm Kopfkissen.« Er holte tief Luft und stieß dann zitternd hervor: »Mann, mit diesem Fieber fühle ich mich wie ein Fisch, der in der Pfanne brät.«

»Ach, das vergeht wieder, Dichter.«

»Nein, mein Junge. Das Fieber vergeht nicht. Ich bin es, der am Fieber vergeht.«

Mit einem Zipfel des Bettlakens trocknete ihm der Briefträger den Schweiß, der Neruda von der Stirn auf die Wimpern tropfte. »Ist es schlimm, was Sie haben, Don Pablo?«

»Da wir schon bei Shakespeare sind, will ich dir mit den Worten Mercutios antworten, als ihn Tybalts Schwert durchbohrt: ›Die Wunde ist nicht so tief wie ein Brunnen und nicht so breit wie eine Kirchentür; aber es reicht eben hin: Fragt morgen nach mir, und Ihr werdet einen stillen Mann an mir finden.‹«

»Don Pablo, bitte, legen Sie sich wieder hin.«

»Hilf mir auf und bring mich ans Fenster!«

»Ich kann nicht. Doña Matilde hat mich hereingeschickt, damit...«

»Ich bin dein Kuppler, Zuhälter und Pate deines Kindes. Im Namen dieser mit dem Schweiße meiner Feder verdienten Titel fordere ich dich auf, mich ans Fenster zu bringen.«

Mario versuchte, den Dichter zurückzuhalten, und hielt ihn an den Handgelenken fest. Seine Halsschlagader hüpfte wie ein Tier. »Draußen weht ein kalter Wind, Don Pablo.«

»Kalt ist relativ! Wenn du wüßtest, welch eisiger

Wind durch meine Knochen weht! Der endgültige Todesstoß, mein Junge, ist gletscherklar und scharf. Bring mich ans Fenster!«

»Bleiben Sie liegen, Dichter.«

»Was hast du mir zu verbergen? Ist das Meer vielleicht nicht mehr da, wenn ich aus dem Fenster sehe? Haben sie das auch geholt? Haben sie mich auch in einen Käfig gesperrt?«

Mario quollen Tränen aus den Augen, und ihm war, als würde seine Stimme ersticken. Langsam fuhr er sich mit den Fingern über seine Wange und steckte sie dann wie ein Kind in den Mund. »Das Meer ist da, Don Pablo.«

»Worauf wartest du dann noch?« stöhnte Neruda mit flehendem Blick. »Bring mich ans Fenster!«

Mario schob seine Hände unter die Arme des Poeten und hob ihn langsam in die Höhe, bis Neruda aufrecht an seiner Seite stand. Aus Angst, der Kranke könne zusammenbrechen, preßte er ihn so fest an sich, daß er auf seiner eigenen Haut den Weg der Fieberschauer verfolgen konnte, die den Kranken erschütterten. Wie ein einziger schwankender Mensch bewegten sie sich auf das Fenster zu, und obwohl der Junge den schweren blauen Vorhang zur Seite zog, wollte er nicht sehen, was er in den Augen des Dichters bereits erblicken konnte. Rot peitschte eine Signallampe Nerudas Gesicht.

»Ein Krankenwagen«, lächelte der Dichter, den Mund voller Tränen. »Warum nicht gleich ein Leichenwagen?«

»Man wird Sie in ein Hospital nach Santiago bringen. Doña Matilde packt schon Ihre Sachen.«

»In Santiago gibt es kein Meer. Nur Schneider und Chirurgen.« Der Dichter ließ seinen Kopf gegen das Fenster sinken, und das Glas beschlug von seinem Atem.

»Sie glühen ja, Don Pablo.«

Plötzlich hob der Dichter seine Augen zur Decke, als beobachte er etwas zwischen den Deckenbalken, was den Namen seiner toten Freunde trug. Ein neuerlicher Fieberschauer zeigte dem Briefträger an, daß Nerudas Temperatur stieg. Er wollte Matilde herbeirufen, aber ein Soldat zog die Aufmerksamkeit auf sich, der dem Fahrer des Krankenwagens ein Papier übergab. Wie unter einem plötzlichen Asthmaanfall schleppte sich Neruda zum anderen Fenster, und wie Mario ihn jetzt stützte, merkte er, daß die ganze Kraft, die dieser Körper noch hatte, in seinem Kopf wohnte. Das Lächeln und die Stimme des Poeten waren schwach, als er, ohne Mario anzusehen, zu ihm sprach. »Sag mir eine schöne Metapher, Junge, damit ich beruhigt sterben kann.«

»Mir fällt jetzt keine Metapher ein, Dichter. Aber hören Sie gut zu, was ich Ihnen zu sagen habe.«

»Ich höre, mein Sohn.«

»Gut, heute sind über zwanzig Telegramme für Sie gekommen. Ich wollte sie Ihnen bringen, aber da das Haus umstellt ist, mußte ich sie zurücklassen. Sie müssen mir verzeihen, was ich getan habe, aber es gab keinen anderen Weg.«

»Was hast du getan?«

»Ich habe alle Telegramme gelesen und auswendig gelernt, um sie Ihnen vorsagen zu können.«

»Woher kommen sie?«

»Von überall her. Soll ich mit dem aus Schweden beginnen?«

»Ja, los.«

Mario machte eine Pause, um seinen Speichel hinunterzuschlucken, während der Neruda sich eine Sekunde lang von ihm löste, um Halt am Fenstergriff zu suchen. Gegen die vom Salz und Sand getrübten Scheiben schlug eine Bö, die das Fenster erzittern ließ. Mario sah starr auf eine aus einem Tonkübel gerissene Blume, und sorgsam bedacht, die Worte der verschiedenen Telegramme nicht durcheinanderzubringen, zitierte er den ersten Text: »Trauer und Entrüstung wegen Tod Präsident Allendes. Volk und Regierung bieten Asyl Dichter Pablo Neruda in Schweden.«

»Weiter«, sagte der Dichter. Er spürte, wie ihm Schatten in die Augen stiegen, die wie Katarakte oder galoppierende Geister die Scheiben zu durchbrechen suchten, um sich mit verschwommenen Körpern zu vereinigen, die man draußen aus dem Sand sich erheben sah.

»Mexiko stellt Flugzeug dem Dichter Neruda und Familie. Jederzeit ausfliegen«, sprach Mario, wissend, schon nicht mehr gehört zu werden.

Nerudas Hand lag zitternd auf dem Fenstergriff. Vielleicht wollte er das Fenster öffnen, aber zwischen

seinen verkrampften Fingern pochte dieselbe zäh-
flüssige Materie, die durch seine Adern rann und
seinen Mund mit Speichel füllte. Draußen in der
metallischen Brandung, die den Widerschein der
Hubschrauberpropeller zerriß und dabei die silber-
nen Fische in einem flimmernden Staubschleier auf-
löste, glaubte er ein Regenhaus zu sehen, aus Wasser
gebaut, ein unberührbar feuchtes Holz, ganz Haut,
ein Bild, das ihm innerlich ganz vertraut war. Ein
flüsterndes Geheimnis enthüllte sich ihm jetzt im
bebenden Keuchen seines Blutes, des schwarzen
Wassers des Werdens, der dunklen Geschäftigkeit
aller Wurzeln, der geheimen Goldschmiede vollendet
schöner Nächte, enthüllte sich ihm die endgültige
Gewißheit eines Magmas, dem alles angehörte, das
alle Worte immer suchten, belauerten und umkrei-
sten, ohne es zu benennen oder es schweigend zu
bezeichnen (sicher ist nur, daß wir atmen und aufhö-
ren zu atmen, hatte der junge Dichter aus dem Süden
gesagt und ihm zum Abschied die Hand gereicht, mit
der er auf einen Korb voller Äpfel unter dem Nachttisch des Todes gedeutet hatte): sein Haus im Ange-
sicht des Meeres und das Haus aus Wasser, das jetzt
hinter den Fenstern emporschwebte, die auch Wasser
waren, seine Augen, die auch das Haus der Dinge
waren, seine Lippen, die das Haus der Worte waren
und sich jetzt schon voller Glück benetzten mit eben
demselben Wasser, das eines Tages in den Sarg seines
Vaters gedrungen war, nachdem es von Balustraden
umgebene Betten und andere Tote durchflossen

hatte, um das Leben und den Tod des Dichters zu
entzünden mit einem Geheimnis, das sich ihm jetzt
offenbarte mit der der Schönheit und dem Nichts
eigentümlichen blinden Zufälligkeit. Ein Lavastrom
von Toten mit verbundenen Augen und blutenden
Handgelenken legte ihm ein Gedicht auf die Lippen,
von dem er schon nicht mehr wußte, ob er es sagte,
das Mario aber deutlich vernahm, als der Dichter das
Fenster öffnete und der Wind die Halbschatten ver-
trieb.

Vom Himmel umhüllt kehre ich zurück zum
                                        Meer,
das Schweigen zwischen einer Welle und der
                                        nächsten
begründet eine gefährliche Unsicherheit:
das Leben stirbt, das Blut besänftigt sich,
bis die neue Bewegung durchbricht
und die Stimme der Unendlichkeit wieder
                                        erschallt.«

Mario umschlang Neruda von hinten mit seinen
Armen, bedeckte mit den Händen dessen wahnhaft
fiebernde Pupillen und sagte: »Sterben Sie nicht,
Dichter.«

DER KRANKENWAGEN BRACHTE Pablo Neruda nach Santiago. Auf dem Weg dorthin waren Polizeisperren und Militärkontrollen zu umfahren.

Am 23. September 1973 starb der Dichter im Hospital von Santa María.

Während er im Sterben lag, wurde sein Haus in der Hauptstadt am Hang des San-Cristóbal-Berges geplündert. Die Fensterscheiben wurden eingeworfen, und das Wasser aus den aufgedrehten Wasserhähnen verursachte eine Überschwemmung.

Zwischen den Trümmern bahrte man den Dichter auf.

Die Frühlingsnacht war kalt, und die Bewacher am Sarg tranken bis zum Morgengrauen einen Kaffee nach dem anderen. Gegen drei Uhr morgens stieß ein schwarzgekleidetes Mädchen zu ihnen, das sich über die Ausgangssperre hinweggesetzt hatte und über den Hügel zum Haus geschlichen war.

Der neue Tag zog mit bedeckter Sonne herauf.

Von San Cristóbal bis zum Friedhof schlossen sich immer mehr Menschen dem Trauerzug an, und als sie an den Blumenläden des Mapocho vorüberzogen, erscholl ein Sprechchor zu Ehren des toten Dichters und ein anderer zu Ehren des Präsidenten Allende. In Alarmbereitschaft versetzte Militäreinheiten säumten drohend den Zug mit gefällten Bajonetten.

Die Trauernden am Grab stimmten die *Internationale* an.

MARIO JIMÉNEZ ERFUHR vom Tod des Dichters aus dem Fernseher in Doña Rosas Restaurant. Die Nachricht wurde von einem feisten Sprecher bekanntgegeben, der vom Ableben »einer nationalen und internationalen Ruhmesgestalt« sprach. Es folgte eine kurze Biografie bis zur Nobelpreisverleihung, nach der ein knappes Kommuniqué verlesen wurde, mit dem die Militärjunta ihrer Betroffenheit über den Tod des Dichters Ausdruck verlieh.

Rosa, Beatriz und selbst Pablo Neftalí waren von Marios Schweigen so betroffen, daß sie ihn in Ruhe ließen. Das Geschirr vom Abendessen wurde abgewaschen, dem letzten Touristen, der den Nachtbus nach Santiago zu nehmen sich anschickte, wurde lustlos Lebewohl gesagt. Endlos lange schwamm der Teebeutel im kochenden Wasser, und winzige Speisereste wurden mit den Fingernägeln vom Wachstuch gekratzt.

In der Nacht konnte der Briefträger nicht schlafen, die Stunden vergingen mit an die Decke geheftetem Blick, ohne daß ein einziger Gedanke Mario heimsuchte. Gegen fünf Uhr morgens hörte er, daß Autos vor der Tür bremsten. Als er aus dem Fenster sah, winkte ihm ein Mann mit Schnauzbart, er solle herauskommen. Mario zog seinen Seemannspullover über und trat aus dem Haus. Neben dem Mann mit Schauzbart und Halbglatze stand ein junger Kerl mit kurzem Haar, Regenmantel und auffällig dickem Krawattenknoten. »Sind Sie Mario Jiménez?« fragte der mit dem Schnauzbart.

»Ja, Señor.«

»Mario Jiménez, Briefträger von Beruf?«

»Briefträger, Señor.«

Der junge Mann im Regenmantel zog ein graues Kärtchen hervor und warf einen kurzen Blick darauf. »Geboren am 7. Februar 1952?«

»Ja, Señor.«

Der Jüngere sah den Älteren an, und dieser sagte: »Gut, Sie müssen mitkommen.«

Der Briefträger wischte sich seine Handflächen an der Hose ab. »Warum, Señor?«

»Wir haben Ihnen ein paar Fragen zu stellen«, sagte der Mann mit dem Schnauzbart, während er sich eine Zigarette zwischen die Lippen klemmte und seine Taschen abklopfte, als suche er nach Streichhölzern. Er sah, daß Mario seine Augen auf ihn gerichtet hielt. »Eine Routineangelegenheit«, setzte er hinzu und bat seinen Begleiter mit einer Geste um Feuer. Der schüttelte den Kopf.

»Sie haben nichts zu befürchten«, sagte der im Regenmantel.

»Hinterher können Sie wieder nach Hause gehen«, sagte der mit dem Schnauzbart und fuchtelte mit seiner Zigarette nach jemandem, der seinen Kopf aus dem Fenster eines der beiden Autos ohne Kennzeichen streckte, die mit laufendem Motor am Straßenrand hielten.

»Nur eine Routineangelegenheit«, wiederholte der junge Mann im Regenmantel.

»Sie beantworten ein paar Fragen und können dann

wieder nach Hause«, sagte der Mann mit dem Schnauzbart und ging zu dem Mann im Wagen hinüber, der jetzt ein goldenes Feuerzeug aus dem Fenster hielt. Der Mann mit dem Schnauzbart beugte sich hinunter, und mit einem einzigen Druck auf das Feuerzeug ließ der Abgeordnete Labbé eine kräftige Flamme emporschießen. Mario sah, wie der Mann mit dem Schnauzbart sich aufrichtete, die Spitze seiner Zigarette durch einen tiefen Zug aufglühen ließ und dem jungen Mann im Regenmantel ein Zeichen gab, mit Mario zum anderen Wagen zu gehen. Der junge Mann im Regenmantel rührte Mario nicht an. Er wies nur in die Richtung des schwarzen Fiat. Das Auto des Abgeordneten Labbé fuhr langsam los, und Mario ging mit seinem Begleiter zum anderen Wagen. Am Steuer saß ein Mann mit Sonnenbrille und hörte Nachrichten. Als er einstieg, hörte er, wie der Sprecher sagte, Einheiten der Armee hätten den Verlag *Quimantú* besetzt und mehrere subversive Zeitschriften beschlagnahmt, unter ihnen *Nosotros los Chilenos, Paloma* und *La Quinta Rueda.*

Epilog

JAHRE SPÄTER LAS ich in der Zeitschrift *Hoy*, daß ein Kulturredakteur von *La Quinta Rueda* aus seinem Exil in Mexiko nach Chile zurückgekehrt war. Es war ein alter Schulkamerad von mir. Ich rief ihn an und vereinbarte ein Treffen mit ihm.

Wir sprachen allgemein über Politik und besonders über die Möglichkeit, ob Chile eines Tages wieder demokratisch werde. Er langweilte mich eine ganze Weile mit seinen Erlebnissen aus dem Exil, und nach dem dritten Kaffee fragte ich ihn, ob er sich zufällig an den Namen des Autors des prämierten Gedichts erinnere, das *La Quinta Rueda* am 18. September im Jahre des Putsches veröffentlicht haben mußte.

»Natürlich«, antwortete er. »Das war ein ganz ausgezeichnetes Gedicht von Jorge Teillier.«

Ich trinke meinen Kaffee schwarz, habe aber die Angewohnheit, mit dem Kaffeelöffel ständig in der Tasse herumzurühren.

»Erinnerst du dich vielleicht noch an einen Text«, fragte ich weiter, »der dir möglicherweise wegen seines ausgefallenen Titels noch im Ohr klingt: *Skizze in Blei von Pablo Neftalí Jiménez González?*«

Mein Freund nahm den Zuckerstreuer und hielt ihn einen Moment nachdenklich in der Hand. Dann schüttelte er den Kopf. Er erinnerte sich nicht. Er hob den Zuckerstreuer über meine Kaffeetasse, doch ich bedeckte sie schnell mit der Hand.

»Nein, danke«, sagte ich, »keinen Zucker.«

Julia Alvarez

Wie die García Girls ihren Akzent verloren

Roman. Aus dem Amerikanischen von Stefanie Kuhn-Werner. 304 Seiten. SP 2275

Der mehrfach ausgezeichnete erste Roman von Julia Alvarez ist die Geschichte einer Einwandererfamilie aus der Karibik, die es nach New York verschlagen hat. Für die vier heranwachsenden Töchter hat jedoch das Leben in der schönen neuen Welt nicht nur seine Schokoladenseiten, da ihre Träume von Unabhängigkeit, Karriere und vom Mann fürs Leben nicht immer vereinbar sind mit dem, was sich die Familie für ihre Töchter vorstellt.

»Julia Alvarez' intelligenter Roman ist äußerlich ein Familienepos, das in der dominikanischen Diktatur und in New York spielt. Innerlich geht es um mehr... Auf die Doppelmoral wird nicht mit dem Finger gewiesen, sie zeigt sich subtil in der spannenden, für viele Deutungen offenen Geschichte.«
Brigitte

Yolanda

Roman. Aus dem Amerikanischen von Irene Rumler. 368 Seiten. SP 2821

Yolanda García, schön, temperamentvoll und exzentrisch, ist als Kind mit ihrer Familie aus der Dominikanischen Republik in die USA eingewandert. Julia Alvarez läßt ihr schillerndes Schriftstellerleben von Menschen erzählen, die ihr nahestehen. Im Konzert dieser verschiedenen Temperamente wird Yolandas ebenso einnehmender wie schwieriger Charakter lebendig.

Die Zeit der Schmetterlinge

Roman. Aus dem Amerikanischen von Carina von Enzenberg und Hartmut Zahn. 464 Seiten. SP 2554

Schön, klug und mutig: Minerva, Patria, Maria Theresa, drei der vier Schwestern Mirabal, als Widerstandskämpferinnen von ihrem Volk verklärend »Die Schmetterlinge« genannt, werden hinterrücks von den Schergen Trujillos, Diktator der Dominikanischen Republik, ermordet. Nur die vierte, Dedé, kommt davon. Julia Alvarez leiht jeder der Schwestern ihre Stimme.

SERIE PIPER

SERIE PIPER

Jesús Díaz

Die Initialen der Erde
Roman. Aus dem kubanischen
Spanisch von Wilfried Böhringer.
514 Seiten. SP 1693

Jesús Díaz zählt zu den bedeu-
tendsten Vertretern der kubanischen Gegenwartsliteratur.
In diesem Roman gelingt es
ihm meisterhaft, die Spannung
eines Landes zwischen Voo-
dookult und sozialistischer
Fortschrittsideologie in den in-
neren Widersprüchen seines
Romanhelden Carlos zu spie-
geln. Das Schicksal dieses lei-
denschaftlichen, mitreißenden
Helden und gleichzeitig Anti-
helden, sein Leben, das in Höhen und Tiefen seinesgleichen
sucht, ist beispielhaft in einer
Welt, die sich so rasant verän-
dert wie unsere.

»Über ›Die Initialen der Erde‹,
von Wilfried Böhringer konge-
nial ins Deutsche übertragen –
läßt sich eigentlich nichts sagen, das dem Erlebnis, ja dem
Glück nahekäme, das es ist,
dieses Buch zu lesen, diese Geschichte, die im doppelten Sinn
des Wortes ergreift. Seine Substanz ist so wenig beschreib-
bar wie seine Sprache; wie die

(afrokubanische) Musik, deren
erotische und spirituelle Klang-
farben, deren verschiedenste
Tempi und Rhythmen Jesús
Díaz rein, unverfälscht in seine
Prosa transportiert.«
Deutsches Allgemeines Sonntagsblatt

»›Die Initialen der Erde‹ ist ein
Feuerwerk von Leidenschaf-
ten, ein Trommelfeuer an Blas-
phemien, eine rasende Abfolge
gröbster Zärtlichkeiten.«
Die Zeit

Die verlorenen Worte
Roman. Aus dem kubanischen
Spanisch von Wilfried Böhringer.
400 Seiten. SP 2620

Drei junge Literaturliebhaber
im Havanna der sechziger Jahre sehnen sich nach einem besseren Leben und der großen
Kunst, scheitern jedoch an der
Zensur. Ihre Texte sind »ver-
lorene Worte«. Ein opulenter,
vor Witz funkelnder Kuba-Ro-
man von einem der bedeutend-
sten kubanischen Gegenwarts-
autoren.

Die Haut und die Maske
Roman. Aus dem kubanischen
Spanisch von Wilfried Böhringer.
305 Seiten. SP 2837

Jorge Amado

Die Abenteuer des Kapitäns Vasco Moscoso
Roman. Aus dem brasilianischen Portugiesisch von Curt Meyer-Clason. 348 Seiten. SP 1187

Die Auswanderer vom São Francisco
Roman. Aus dem brasilianischen Portugiesisch von Andreas Klotsch. 330 Seiten. SP 1910

Dona Flor und ihre zwei Ehemänner
Eine Geschichte von Moral und Liebe. Roman. Aus dem brasilianischen Portugiesisch von Curt Meyer-Clason. 478 Seiten. SP 666

Jorge Amado erzählt ironisch und voller Phantasie, wie Dona Flor in einer erotischen Ménage à trois die Gesellschaft an der Nase herumführt – und glücklich dabei ist.

Die Geheimnisse des Mulatten Pedro
Roman. Aus dem brasilianischen Portugiesisch von Kristina Hering. 377 Seiten. SP 1504

Jubiabá
Roman. Aus dem brasilianischen Portugiesisch von Andreas Klotsch. 355 Seiten. SP 687

Leute aus Bahia
Zwei Romane. Aus dem brasilianischen Portugiesisch von Johannes Klare. 271 Seiten. SP 1596

Nächte in Bahia
Roman. Aus dem brasilianischen Portugiesisch von Curt Meyer-Clason. 443 Seiten. SP 411

»Ich habe Bahia durch Jorge Amado kennengelernt, aber auch Brasilien kenne ich durch ihn.«
Pablo Neruda

Tieta aus Agreste
Roman. Aus dem brasilianischen Portugiesisch von Ludwig Graf Schönfeldt. 581 Seiten. SP 926

Tote See
Roman. Aus dem brasilianischen Portugiesisch von Erhard Engler. 371 Seiten. SP 697

Das Verschwinden der heiligen Barbara
Roman. Aus dem brasilianischen Portugiesisch von Kristina Hering. 469 Seiten. SP 1568

Viva Teresa
Roman. Aus dem brasilianischen Portugiesisch von Ludwig Graf von Schönfeld. 452 Seiten. SP 2098

»Wahrscheinlich muß man in Lateinamerika leben, um so ungebrochene Lebensfreude, so hemmungslose Lust am Fabulieren zu produzieren, wie Jorge Amado.«
Mannheimer Morgen

SERIE PIPER

SERIE PIPER

Joseph Conrad

Freya von den Sieben Inseln

Eine Geschichte von seichten Gewässern. Neu übersetzt und mit einer Nachbemerkung von Nikolaus Hansen. 128 Seiten. SP 2499

Auf einem Felsen steht Freya, die Königin der Sieben Inseln, in einem weißen Kleid und blickt aufs Meer. Sie wartet auf ihren Liebsten, den sie nur heimlich empfangen darf. Jasper Allen, Kapitän und Besitzer einer prächtigen Brigg, ist unsterblich verliebt in sie. Um in ihrer Nähe zu sein und ihrem Klavierspiel lauschen zu können, setzt er Schiff und Leben aufs Spiel. Freya plant in aller Heimlichkeit, die Insel mit Jasper zu verlassen. Doch durch die Blindheit und Unvernunft dreier Männer gerät ihr Traum von einer gemeinsamen Zukunft in Gefahr. Die Doppelbödigkeit und verblüffende Vielschichtigkeit dieses kleinen Meisterwerks üben einen unwiderstehlichen Sog auf den Leser aus.

Herz der Finsternis

Mit dem »Kongo-Tagebuch« und dem »Up-river Book«. Aus dem Englischen neu übersetzt und mit einem Nachwort von Urs Widmer. 208 Seiten. SP 2498

»Es ist der Bericht eines im wachen Leben erlittenen Albs, den Conrad nur mit Glück und für sein restliches Leben angeschlagen überstand... Plötzlich nimmt man lesend nicht mehr nur an einer abenteuerlichen Reise ins Innere Afrikas teil, sondern wird Zeuge einer viel intimeren, existentielleren Unternehmung; eine Reise in die Zeit, zurück zu den Ursprüngen, aus der unsere Triebe kanalisierenden Zivilisation in eine Welt, die keine Schranken kennt, in der ekstatische Erfüllung und gräßlichste Grausamkeit eins sind, ein regelrechter Gang ins Innere der Erde hinunter, ins Totenreich, eine Reise zu den Schatten der Hölle, des Paradieses vielleicht gar.«

Urs Widmer in seinem Nachwort

Camilo José Cela

Der Bienenkorb

Roman. Aus dem Spanischen von Gerda Theile-Bruhns. 274 Seiten.
SP 782

Der Bienenkorb, das ist das Madrid während des Zweiten Weltkriegs, das ist das Café der Doña Rosa, Spiegel eines durch den Bürgerkrieg entwurzelten Kleinbürgertums und Drehpunkt vieler Lebensgeschichten. Von hier führen die Fäden in die Hinterhöfe, Parkanlagen und Absteigen Madrids, zu den sich ständig wiederholenden Szenen von Liebe, Ehebruch und Eifersucht, der Suche nach dem Glück und der Sinnlosigkeit des Daseins. Momentaufnahmen und Porträtstudien, kurze Einblendungen, skizzenhafte Erzählungen und Impressionen fügen sich zum Kaleidoskop, zum Panoptikum.

»In Celas Roman spricht der Mensch selbst und – nahezu – er allein. Dieser Erzähler ist ein Meister der Tonfälle, er versteht es virtuos, sein dreihundertköpfiges Personal zum Reden zu bringen.«
Frankfurter Allgemeine Zeitung

Jorgi Jatromanolakis

Der Schlaf der Rinder

Roman. Aus dem Neugriechischen von Norbert Hauser. 191 Seiten.
SP 2515

Ein Morgen 1928 in einem Dorf auf Kreta: Als der Seifensieder, Seidenraupenzüchter und Geldverleiher Servos den Bauern Dikeos aufsucht, um seine Schulden einzutreiben, macht dieser kurzen Prozeß und erschießt ihn. Der Mörder flieht in die Berge. Sein Sohn Grigoris ist aus dem Gleichgewicht geworfen und fällt in den Schlaf der Rinder, ein Schlaf mit geöffneten Augen und wunderlichen Folgen: Die Sinne sind so geschärft, daß er in drei Kilometern Entfernung die Seidenraupen kauen hören kann, daß er durch geschlossene Türen sehen kann, daß er überall ist und nirgends. Mit diesem Mord wird eine Familienfehde entfacht, die über ein halbes Jahrhundert andauern wird. Als Markos, der Sohn des Opfers, Grigoris, den einzigen Nachkommen des Mörders ersticht, ist nicht nur das Gesetz der Blutrache erfüllt, sondern damit geht auch die Zeit der alten Mythen zu Ende.

SERIE PIPER

SERIE PIPER

Javier Marías

Der Gefühlsmensch

*Roman. Mit einem Nachwort
des Autors. Aus dem Spanischen
von Elke Wehr. 178 Seiten.*
SP 2459

Der Icherzähler, ein berühmter Operntenor, erinnert sich an Ereignisse, die vier Jahre zurückliegen und von denen er nicht mehr sicher ist, ob er sie erlebt oder geträumt hat. Er war während einer Zugfahrt drei Personen begegnet: der schönen, melancholischen, jungen Natalia und ihrem despotischen Ehemann, einem belgischen Bankier, nebst dem geheimnisvollen Begleiter Dato. Bald darauf trifft er das seltsame und eindrucksvolle Trio wieder in einem Madrider Hotel. Während der Sänger die Rolle des Cassio in Verdis »Otello« einstudiert, entsteht eine Beziehung zu Natalia. Doch sie ist immer in Begleitung von Dato, der ganz offensichtlich die Aufgabe hat, seine unglückliche Herrin zu zerstreuen, während der Gatte seinen Geschäften nachgeht. Auch andere Figuren aus dem Leben des Erzählers tauchen in seiner Erinnerung auf, dar-

unter seine frühere Geliebt Berta oder die Hure Claudina die dazu beitragen, den imme enger werdenden Kreis seine wachsenden Leidenschaft fü Natalia zu schließen – eine Leidenschaft, deren Ende eben so unausweichlich wie dramatisch und überraschend ist.

»Ich glaube, das ist einer der größten im Augenblick lebenden Schriftsteller der Welt.«
Marcel Reich-Ranicki

»Denn das ist über seine literarische Bravour hinaus die eigentliche Sensation des Buchs: daß es die moralische Heuchelei unserer Zeit entlarvt und die Gewichte von Gut und Böse radikal anders verteilt.«
Frankfurter Allgemeine Zeitung

Madeleine Bourdouxhe

Gilles' Frau
*Aus dem Französischen von
Monika Schlitzer. Mit einem
Nachwort von Faith Evans.
256 Seiten. SP 2605*

Madeleine Bourdouxhes Drama einer zerstörerischen Leidenschaft ist eine Wiederentdeckung von höchstem literarischen Rang. Die leidenschaftliche Dreiecksgeschichte zwischen Elisa, ihrer Schwester Victorine und Gilles ist in ihrer Direktheit und Ausweglosigkeit ein Glanzstück der klassischen Moderne: Sinnlich, kühn - und von kammerspielartiger Intensität.

»Schwer zu sagen, was beeindruckender an der Leistung Madeleine Bourdouxhes ist: die kühle Liebe zu ihren Figuren oder die unsentimentale, aber doch fast zärtliche Darstellung ihrer Zerrüttung... Madeleine Bourdouxhe formt kleine Szenen aus dem Alltag zu einer klassischen Tragödie. Mit einer kühlen, präzisen Sprache entwirft sie Bilder von höchster Anschaulichkeit und Glaubwürdigkeit, Stilleben der Seele, die den Leser durch ihre innere Spannung sofort fesseln. Gerade die scheinbar ruhig distanzierte Darstellung schafft

einen Sog der Erzählung, dem man sich nicht entziehen kann. Da ist kein Wort zuviel, und jeder Satz zieht den Leser tiefer hinein in diese verhängnisvolle Affäre.«
Die Woche

»Madeleine Bourdouxhe hat mit ›Gilles' Frau‹ eine der großen Liebenden der Literaturgeschichte geschaffen.«
Süddeutsche Zeitung

Wenn der Morgen dämmert
*Erzählungen. Aus dem
Französischen von Monika
Schlitzer und Sabine Schwenk.
152 Seiten. SP 2067*

In sieben Erzählungen beschreibt Madeleine Bourdouxhe die Einsamkeit und das Empfinden, die Wünsche und Sehnsüchte von Frauen. Feinnervig und präzis zugleich eröffnet sie das zeitlose Panorama der weiblichen Psyche.

»Sie wurde in der französischen Literaturszene gefeiert wegen ihrer subtilen und dichten Sprache, wegen ihrer genauen Beobachtungen und vor allem wegen der ungeheuren Intensität, mit der Madeleine Bourdouxhe Ängste, Hoffnungen, Stimmungen und Stille beschreibt.«
Der Spiegel

SERIE
PIPER